Reinhart Brandau

Jenseits
Der Flammen

Roman

Bird Books Worpswede

Herstellung und Verlag:
BoD Books on Demand, Norderstedt
(Printmedium & e-Book)
ISBN 978-3-8482-5166-7

Allen guten Geistern, und Hexen

Reglos liegt die schwüle Luft unter grau verhangenem Himmel. Kein Windhauch biegt ein Hälmchen, bewegt ein Blättchen. Nicht eine leise Vogelstimme berührt das Schweigen, das wie eine dunkle Ahnung über dem Lande lastet. Die einzigen Laute, die diese Stille durchdringen, und wie ein leierndes Gejammer von der Landstraße her ertönen, sind der Menschengesang einer Prozession, die sich von Arendsee her auf den Köppenberg zu bewegt.

Gottwohlgefällige Gesänge – unterbrochen von frommen Predigten und Gebeten – geleiten den langen Zug, der wie eine große, bunte, stachelbewehrte Raupe gemächlich vorwärts kriecht.

Den Kopf bildet eine Abteilung der Bürgerwehr. An den gepanzerten, behelmten Männern ragen lange Spieße drohend in die Höhe.

Ihnen folgt eine Mutter mit ihren zwei Töchtern. Sie werden von einem Henkersknecht am Strick geführt und sind je von zwei Predigern und sechs wehrhaften Bürgern umzingelt.

Von Vorfreude beseelt, in Erwartung eines erregenden Schauspiels, trottet die Christengemeinde – Kinder und Erwachsene – hinter ihnen her. Das Ende der Prozession bildet, wie den Anfang, eine starke militärische Bedeckung.

Kathrine, und ihre Töchter Susanne und Ilse sehen seit langer Zeit heute zum ersten Mal das Tageslicht wieder. Geblendet von der ungewohnten Helligkeit, und stumm vor lähmender Angst, wanken sie auf den Köppenberg zu. Begonnen hatte ihr Leidensweg, als man sie der Buhlschaft mit dem Teufel beschuldigte, und in den Kerker von Arendsee warf. Dort wurden sie gefangen gehalten, bis sie unter grausamer Folter gestanden, Buhlen des Teufels gewesen zu sein.

Heute, am 5. Mai 1687, liest der Notarius Anton Werneccius das Urteil laut her. Mutter und Töchter sind zum Feuertod verurteilt. Den Töchtern soll, wegen der „gütlichen" Aussage, Milde zuteil werden; ihnen sollen vor der Verbrennung die Köpfe abgeschlagen werden.

Der Amtmann von Arendsee bricht über die Mutter und ihre Kinder den Stab, und Tische und Stühle werden, zum Zeichen daß ihre Leben vertan sind, umgeworfen.

Der aufrechte Gang der Frauen ist durch die weltliche und kirchliche Gewalt ihrer Folterknechte zu einem gebeugten Taumeln gebrochener Menschen geworden.

Schließlich erreicht die Prozession den Köppenberg. Vor dem großen Scheiterhaufen stellt sich die gottesfürchtige Christengemeinde in einem weiten Kreise auf.

Als erste wird Susanne in dem Kreis herumgeführt. Ihre schaulüsternen Mitbürger stimmen an, das Lied: „Gott der Vater wohn uns bey."

Mutter und Schwester müssen nun, vor Entsetzen gelähmt, zusehen, wie Susanne der Kopf abgeschlagen wird. Wie der ins Gras rollt, ertönt das Lied: „Nun bitten wir den heiligen Geist".

Umstellt von der gaffenden Menge, wird Ilse nun im Kreis geführt, zum Scharfrichter gezerrt, und ihre Mutter erlebt, wie Ilses Kopf neben den der Susanne ins Gras fällt.

Mit einer Eisenkette wird Kathrine nun von kräftigen, erbarmungslos willigen Männerhänden um Körper und Hals fest gebunden und rücklings auf den Holzstoß gezerrt. Ihre toten Kinder werden neben sie geworfen, und der Scheiterhaufen, der schon vor vielen Wochen für sie aufgeschichtet worden war, wird angezündet.

Nun heben die sechs Geistlichen an, heilige Lieder zu singen, in die Schulknaben und Schaulustige einstimmen.

Knisternd züngeln erste kleine Flammen im Reisig unter dem Holzstoß. Eilig schlängelt sich eine aufgeschreckte Blindschleiche daraus hervor. Ein derber Stiefel trifft ihr Haupt. Noch lange windet sich ihr zuckender Körper im Todeskampf.

Schwelend quillt gelblich grauer Rauch aus dem immer heftiger knisternden Reisig hervor.

In dem Geäst versteckt, hängt ein faustgroßes, kugeliges Halmengebilde. In seinem Inneren kuscheln sich sieben winzige Zaunkönigskinder an ihre Mutter, die ihre Kleinen, seit es vor ihrer Wohnung zu lärmen begann, nicht mehr verlassen hat. Beißender Qualm dringt in die kleine Kinderstube. Ängstlich drückt sich die winzige Mutter auf ihre Kinder. Japsend atmet sie den heißen Qualm. Zitternd breitet sie die Flügel aus, ihr Köpfchen sinkt auf ihre sterbenden Kinder ...

Beißender Qualm weht auch um Kathrines schmerzverzerrtes Gesicht. Gurgelnd hustend bäumt sie sich auf gegen die eiserne Umklammerung der Ketten.

Heftig lodert eine Flamme aus ihren Haaren auf, gellt ein Schmerzensschrei, der in wimmerndem Röcheln erstirbt. Wie mit eiserner Hand, umklammert Todesangst ihren Hals. Ihre Lungen kämpfen gegen das Grauen der Atemnot, bis ein Dunkel über sie flutet, in das sie versinkt.

Hoch über dem lodernden Scheiterhaufen zieht ein Adler, von einer Rabenschar begleitet, ruhig seine weiten Kreise.

Wie aus tiefem Schlaf erwachend, schwebt Kathrine über einem weiten Strom, der sich aus fernen Gebirgen her, durch eine blühende Landschaft windet.
Sachte taucht sie ein, in seine ruhig dahinziehenden Fluten. Wie in einem Traum erlebt Kathrine, daß sein Wasser sie durch ein vergangenes Leben trägt, vorbei an langen Inselketten, die ihr vertraut sind, wie früheres Erleben. Behutsam trägt sie tiefes Wasser immer weiter in ferne Kindheitserinnerungen zurück. An der Mündung des Flusses erlebt Kathrine an einer Sandbank ihre Geburt, eh sie sich in der Weite des Meeres verliert. Es ist wie eine Heimkehr in ihr ursprüngliches Sein.
Um sie her flutet Sonnenlicht, das die Meereswellen in immer neue Farben versprühen, die nur flüchtig aufleuchten, in nie wieder erscheinender Gestalt. In der unendlichen Vielfalt dieses Leuchtens und Funkelns, des Entstehens und Vergehens, erahnt Kathrine das Wunder des Unvergänglichen der Vergänglichkeit; die nie endende Verwandlung in neues Sein …

Wie ein Echo ihres Ahnens, gleitet ein urhafter Fisch auf sie zu. In seinen Augen spiegelt sich uralte Erinnerung an ein früheres Leben im Meer. Wesen des Meeres erscheinen, ziehen vorüber, wie traumhafte Erinnerungen an lang vergangenes Sein. Merkwürdig schwingende, wie aus schweren Wogen steigende Gestalten gleiten mit ihr, über in schwülem Dunst liegendes Land.

Warmer Wind streift ihren Körper, flattert, pfeift und singt in den gespannten Flächen an ihren weit ausgebreiteten Armen, die sich langsam schwingend auf und ab bewegen.
Mit schrillen Freudenschreien antwortet sie auf die Rufe ihrer Gefährten, mit denen sie einem vertrauten Ziel, dem Wohnfelsen der Flugsaurier entgegen fliegt. Dabei erlebt Kathrine, wie sie ins flutende Licht der tiefstehenden Sonne sinkt, deren Strahlen sie zu den Sternen tragen.
Sie fühlt sich weit und frei und erlebt, von staunender Liebe getragen, daß sie Teil des Universums ist.
Und wie in dieser unendlichen Weite die Seelen einer winzigen Mutter und ihrer sieben Kinder sie finden, und sanft berühren, daß sich eine schuppig glitzernde Kinderseele zärtlich an sie schmiegt.

Ein nie gekanntes Glücksgefühl trägt ihre Seele, die nun auch die Seelen der Schlange und der Zaunkönige in sich vereint, aus der Weite des Alls zur Erde zurück.

Lange schwebt Kathrine über dem Adler und der Rabenschar. Sie sieht in die dunklen Augen der Raben, und die gelbleuchtenden Augen des Adlers. Sie spürt die Wildheit in den schwarzleuchtenden Rabenaugen. Und die unauslotbare Liebe. Und das geheimnisvolle Wissen ihrer uralten Seelen.

Kathrine sieht sich tiefer und tiefer in die Vogelaugen hinein und nähert sich dem großen Vogel, dessen gelb leuchtende Augen auf wundersame Weise ihre eigenen werden, und Kathrine nun zu Kaji wird …
Dabei lösen sich acht kleine Vögel und eine Schlange aus ihrer Seele, gleiten auf die Raben zu, und tauchen in deren Augen ein.
Mit schwerem Flügelschlag fliegen die Raben in die Weite des Himmels, auf ferne Hügel zu.

Kaji weiß nicht mehr, daß sie einmal ein Mensch gewesen war, der in den Flammen seinen Tod gefunden hat.
So, wie ein Schmetterling sich wohl kaum daran erinnern mag, daß er früher einmal als schwerfällige Raupe grüne Blätter abgeweidet hat. So, wie die Raupe durch ihre Verwandlung ein luftiges Wesen wurde, lebt Kaji jetzt in einer völlig anderen Welt. Der Schmetterling trinkt Nektar in buntem Blumenmeer, badet schwebend in duftender Sommerluft und atmet Sonne auf schillernden Flügeln ein. Beschwingte Freude durchflutet seinen zarten Körper, der tanzend über Blumen schwebt.

*

Kaji gleitet hoch über das weite Land. Sanft streichelt ein steter Wind ihr Gesicht, der die Federn ihrer Schwingen vibriert und leise Klänge um ihren Körper webt. Aus einer Symphonie von Klängen besteht das weite Land. Von fernher tönen Wolken und Wetter, Berge und Täler, Wiesen und Wälder, Bäche und das ferne Meer – Klänge, in denen sie sich geborgen fühlt.
Und bedrohliche Geräusche, aus einer Stadt tief dort unten, die sich hineingefressen hat ins Land, aus der staubige Wunden ins Grüne wachsen, auf denen sich zweibeinige Pelzköpfige, die in Gebäuden aus Stein und totem Holze leben, schwerfällig hin- und herbewegen.

Aus all den Klängen heraus hört Kaji eine Stimme, die sie freudig erregt. Sie antwortet ihr mit einem durchdringenden Kjiii, und wie ein Echo tönt es aus den Wolken zurück. Ein großer Vogel löst sich aus dem Grau, sinkt langsam zu ihr herab. Still schweben sie umeinander kreisend, lassen sich vom Aufwind in die Wolken tragen, und fliegen, vom Grau umhüllt dem Klingen der Landschaft folgend, auf einen fernen Felsen im Meere zu.

Neblig umfließen die Wolken sie, bis tief unten das Meer aufleuchtet, dessen Brandung einen weißen Gürtel um eine große Insel legt. Weiß leuchten auch die Felsen, die vom dunkelgrünen Kiefernwald auf ihrem Rücken, steil zerklüftet zum Meer abfallen.

Kajis Adleraugen schauen über Insel und Meer und erblicken selbst den kleinen Wasservogel, der sich weitab auf den Wellen wiegt. Ihre Augen sehen scharf bis in weite Fernen, doch sieht sie auch mit den Ohren, mit ihrem ganzen Sein. Sie hört das leise Rauschen der Luft, die durch den Kiefernwald streicht, die Stimmen der Waldvögel, die Schreie der Möwen, den Klang der Felswand und des Meeres.

Das alles ist Musik für ihre Ohren und geheimnisvollen Sinne, die ein zweites Bild wahrnehmen, das sich einfügt in ihr Bild der Augen; das manches sichtbar macht, was ihren Augen verborgen bleibt. Sie fühlt, daß von einer Stelle hoch in der Wand, Klänge wie Wellen der Sehnsucht sie berühren.

In schnellem Flug streicht sie über Wald und Klippen, kreist über dem Meer und schaut, im Aufwind schwebend, zur Felswand hin.
 Auf einem Vorsprung, unter einem Überhang, ist der riesige Reisighaufen aufgetürmt, in dessen weich ausgepolsterter Mulde ein Schatz sicher ruht. Schwebend landet Kaji auf dem Rand ihrer Nestburg, faltet die Schwingen zufrieden an ihren Körper, schüttelt den Flugwind aus ihrem Federkleid und betrachtet ihren Schatz: zwei länglichrunde Gebilde strahlen ihr entgegen. Behutsam wendet sie diese mit ihrem gewaltigen Schnabel und lässt sich vorsichtig auf sie nieder.

Von ihrer Burg überblickt sie die Felsen, den Strand und das Meer. Sie sieht, wie ihr Gefährte aus gleitendem Flug ins Wasser greift, sich mit einem glänzend zappelnden Fisch in den Fängen aus den Wellen erhebt und zu ihr hochfliegt.

Sachte landet er neben ihr auf dem Nestrand, beginnt saftige Stücke aus dem Fisch zu reißen, die er Kaji mit zärtlichen Lauten reicht. Dankbar gurrend nimmt sie seine Liebesgaben entgegen und verzehrt sie ohne Hast. Dabei erzählt sie Goldauge von leise fiependen Stimmen unter ihrer Brust, von winzigen Stimmen, die nach ihr rufen.

Goldauge sieht Kaji eine Weile an, breitet seine Schwingen aus und fliegt zum Meer zurück. Dort greift er sich wieder einen Fisch, trägt ihn aber diesmal auf eine Klippe, wo er nun auch seinen Hunger stillt.

Kaji und ihr Heim auf der Felsenburg sind durch die steilen Wände, und ein Felsdach vor jedem Feinde sicher. Selbst umherstreunende Pelzkopfbanden können ihr keinen Schaden zufügen, auch mit ihren zischend fliegenden kleinen Holzstangen nicht, die schon oft auf ihr Heim zugeflogen, die aber bald umgekehrt, und zu ihnen zurück gefallen sind.

Einmal, als einer dieser Pelzköpfigen in den Felsen herumkroch, und ihrer Burg zu nahe kam, hatte sie sich auf ihn herabgelassen und ihre Fänge in seinen Rücken gegraben. Er heulte fürchterlich, als er in die Tiefe stürzte, und an einer Klippe hängenblieb.

Für eine Krähenfamilie war sein Kadaver ein Festschmaus, an dem sie sich viele Tage bediente, bis dort nur noch Stofffetzen und Knochen herumhingen.

In einem der Eier unter Kajis Brust, fiepst und rumort es jetzt immer mehr. Als sie erst schabende, dann knackende Geräusche hört, erhebt sich Kaji um nachzuschauen, was da geschieht.

Das Ei scheint lebendig geworden zu sein; es schaukelt, wackelt und knackt, wobei ein kleines Loch in die Länge zu wachsen beginnt, bis sich ein Stück Schale hebt, unter der ein Köpfchen erscheint, aus dem zwei Augen verwundert blinzelnd hervorschauen.

„Fiep! Fiep!" „Zu dir! Zu dir!"

Mutter Kaji nimmt die Eierschale vorsichtig mit ihrem Schnabel von dem puscheligen, weißflaumigen Köpfchen und vergrößert das Loch im Ei, bis ihr Kind endlich herauskrabbelt.

Als Goldauge mit einem Fisch auf dem Nestrand landet, sieht er gerade noch wie sich Kaji behutsam auf das Daunenbällchen legt. Das Kleine ist jetzt so erschöpft, daß es sich erst einmal ausruhen muss. Papa Goldauge wartet geduldig, bis sich Mama wieder erhebt. Fiepend öffnet sich nun ein überraschend großer Schnabel, in den sie Fischstückchen gibt, die dem kleinen Adler gut zu schmecken scheinen. Dann legt sich Kaji wieder wärmend über ihr Vogelkind.

Als die blaudunkle Sternennacht über dem Horizont grünlich-orange zu leuchten beginnt, und eine glutrote Sonne aus dem Meer steigt, die ihren Schein wie eine funkelnde Lichtstraße über das Wasser breitet, hört Kaji endlich auch aus dem zweiten Ei das leise aber dringende Fiepen: „Zu dir! Zu dir!" Als ihr zweites Kind begonnen hat, die Schale seines Eies aufzubrechen, hilft Kaji nun auch ihm sich aus der Enge zu befreien.

*

Wie die Vogelmutter ihre beiden Kinder nun so nebeneinander liegen sieht, kommt ihr der Anblick irgendwie vertraut vor, obwohl sie zum ersten Mal Mutter geworden ist. Dabei fühlt sie sich einfach nur wohl und kommt gar nicht auf den Gedanken, daß es eine vage Erinnerung an ihr früheres Leben sein könnte. Sie weiß nichts mehr von dem was war, als sie mit ihren beiden Töchtern in einem Häuschen am Waldrand wohnte.
Die kleine Familie hatte glücklich zusammengelebt mit einer Kuh, einer Ziege, Hühnern und einem Raben. Sie lebten von den Früchten des Gartens und Beeren, Nüssen, Pilzen und Kräutern des Waldes.
Kathrine wurde oft an ein Krankenbett gerufen, oder zu einer Frau, wenn die Wehen begannen. Sie half so manchem Menschenkind auf die Welt, linderte Schmerzen und heilte Kranke mit Kräutern und ihrer liebevollen Pflege.

Eines Tages wurde Kathrine in das Haus des Bürgermeisters gerufen. Seine Frau lag mit hohem Fieber zu Bett. Ihr Hals war geschwollen, daß sie kaum noch atmen konnte, und man um ihr Leben bangen mußte.
Kathrine kochte einen Kräutertee, und ließ nach ihrer Tochter Susanne schicken, die ihr heilende Erde bringen sollte. Susanne kam mit der Heilerde, rührte einen Teil mit heißem Wasser zu einem Brei, den sie auf ein Tuch löffelte, und legte ihn der Kranken um den Hals. Alle zwei Stunden erneuerte sie den Umschlag, und ging erst gegen Mitternacht nach Hause, indes ihre Mutter die Nacht hindurch bei der Kranken wachte.

Als Susanne am frühen Morgen wiederkam, um die Krankenpflege zu übernehmen, ging es der Frau schon etwas besser. Endlich konnte Kathrine nach Hause gehen.

Ohne Kathrines Tee und die Umschläge hätte die Frau ihre Krankheit wohl kaum überlebt. Daß es ihr aber so bald besser ging, hatte sie auch der liebevollen Zuwendung von Mutter und Tochter zu verdanken.

Susannes unbefangene Art, zärtliches Mitgefühl zu zeigen, erweckte die ermatteten Lebensgeister der Leidenden zu neuem Leben. Noch halb im Fiebertraum, empfand sie Susannes Gegenwart wie einen sonnigen Frühlingstag der sie sanft entrückte, aus ihrer eintönig tristen bürgerlichen Welt in ein blühendes Land, wo ein duftender Windhauch sie zärtlich streichelte. Sie erlebte diese, für sie ganz neuen Empfindungen, mit einem seltsamen Glücksgefühl. Es war, als ob in ihr Blumen in einer wundersamen Schönheit erblühten.

Eines Tages, als Susanne in den Schuppen ging, um Holz für den Herd zu holen, folgte ihr der Bürgermeister.

Sein lüstern verlangender Blick, schien ihren Mädchenkörper verschlingen zu wollen, als er sie um ein heimliches Schäferstündchen bat. Susanne, sprachlos entsetzt, wand sich wie ein aufgeschrecktes Tier an ihm vorbei, lief ins Haus zu der Bürgermeisterin und sagte: „Gute Frau Bürgermeister, du bist ja gottlob fast wieder gesund, aber mir ist ganz unwohl geworden. Darum bitte ich dich um Urlaub, damit ich heimgehen kann."

„Was ist denn geschehen?", sagte die Frau, mehr zu sich selbst. Und indem sie Susanne besorgt fragend ansah: „ Geh nur Kind, erhole dich, und hab Dank für alles, was du für mich getan hast."

Als Susanne nach Hause kam, erzählte sie ihrer Mutter, was geschehen war. Die nahm sie in die Arme und sagte: „Viele Männer sind leider so. Beruhige dich nun, du brauchst nicht wieder zu den Bürgermeisters hin."

*

Als der Bürgermeister zu seiner Frau ins Zimmer trat, fragte er sie, wo denn Susanne sei.

„Die ist nach Hause gegangen, ihr war nicht wohl."

„Das nimmt mich nicht wunder, das freche Ding hat mich im Holzschuppen verführen wollen, das elende Luder. Ich hab sie hinausgejagt. Und sie kann dem Herrgott danken, daß ich sie nicht noch geschlagen hab."

Die Bürgermeisterin glaubte ihm kein Wort, und dachte sich ihren Teil.

„Das will ich nicht glauben, Mann! Susanne ist ein so liebes unschuldiges Kind! Wie ist es überhaupt dazu gekommen, daß ihr zusammen im Holzschuppen wart!?"

„Ich war im Garten, nach dem Rechten sehn. Da hörte ich ein Geräusch aus dem Schuppen. Als ich hineinging, um nachzusehen was da wohl sei, sah mich aus dem Dunkel eine schwarze Katze mit glühenden Augen an. Sie war so groß wie ein Kalb! Die Haare standen mir zu Berge und ich schlotterte am ganzen Leib vor Angst. Dann verschwand die Katze, und Susanne erschien an ihrer Stelle. Ihre Augen glühten noch, wie die der Katze, als sie auf mich zukam und mich katzenhaft umschmeichelte.

Ich sage dir, dieses Weib ist eine Hexe, und ich will nicht, daß sie oder Kathrine noch einmal mein Haus betritt."

Die Bürgermeisterin sah ihren Mann an, als ob ein Gespenst vor ihr stünde und sagte: „Ja, Mann, Susanne kann Menschen verzaubern, aber ganz anders, als du mir weismachen willst! Und jetzt geh, ich möchte allein sein!"

Das Gesicht des Mannes verfinsterte sich, als er zur Tür ging und im Hinausgehen mürrisch vor sich hinbrabbelte.

Mit Tränen in den Augen starrte die Frau noch lange auf die Tür, die krachend hinter ihm ins Schloss gefallen war. Dann legte sie sich ins Bett und schloss die Augen. Sie fühlte sich krank und elend. Ein finsterer Abgrund hatte sich aufgetan zwischen ihrem Mann und ihr. Aus dem Gefühl tiefer Enttäuschung wurde Zorn, bis sie für ihren Mann nur noch Verachtung empfand.

Es war wie die Befreiung von unsichtbaren Fesseln, wie ein Aufatmen, beim Erwachen aus quälendem Traum. Sie dachte an Susanne und die Tage, die sie bei ihr gewesen war. Sie empfand eine tiefe Zuneigung zu diesem Kind. Es hatte ihr so viel Nähe und Wärme geschenkt. Und bei dem Gedanken, daß Susanne nie mehr zu ihr kommen würde, versank sie in schwermütige Traurigkeit.

Als das Hausmädchen mit dem Abendbrot zu ihr hereinkam, erschrak es. Die Herrin lag wieder leidend im Bett.
„Mädchen", sagte sie. „mir ist nicht nach essen, bring alles wieder raus. Ich möchte nur einen Becher Wasser, Tinte, Feder und Papier."

Das Mädchen brachte Wasser und Schreibzeug und fragte: „Herrin, kann ich noch etwas für dich tun?"
„Ja, Du kannst Dich zu mir ans Bett setzen, während ich schreibe."

Die Frau begann zu schreiben. Es wurde ihr Testament. Darin vermachte sie eine Hälfte ihres Vermögens dem Hausmädchen, die andere ihrer Freundin Susanne.

Dann versiegelte sie das Dokument, legte es in ihre Bibel und sagte: "Nun habe ich mein Testament geschrieben und du weißt wo es zu finden ist. Sprich mit niemandem darüber. Wenn aber der Tag gekommen ist, bringe es dem Pastor, auf daß er dafür Sorge trage, daß mein letzter Wille erfüllt werde."

Darauf entließ sie das Mädchen, und legte sich erleichtert in ihre Kissen zurück.

Bald kam der Tag, an dem man die Bürgermeisterin zu Grabe trug und das Hausmädchen dem Pastor das Testament brachte. Der eilte damit zum Bürgermeister, erbrach das Siegel, und las ihm das Testament vor.

„Da haben wirs!", sagte der Bürgermeister. „Susanne hat meiner armen Frau die Krankheit an den Hals gehext, an der sie sterben musste, und ihr vorher noch dieses nichtswürdige Testament eingeflüstert! Hätte ich sie doch gleich aus dem Haus gejagt, als sie sich in eine schwarze Katze verhext hatte – und nicht noch zu meiner Frau gelassen!"

„Was sagst du da, Bürgermeister? Susanne hat sich in eine Katze verhext?!"

„Ja, in eine riesengroße fauchende schwarze Katze mit bösen rotglühenden Augen."

Den Blick zur Seite, und auf den Dielenboden gerichtet, verzogen sich die Mundwinkel des Pastors zu einem höhnischen Grinsen, als er verkündete:

„In diesem Fall ist das Testament Teufelswerk – und natürlich ungültig." Darauf sah er den Bürgermeister beflissen an und versicherte ihm; „Ich werde Kathrine und ihre beiden Töchter heute noch in den Kerker bringen, und sie einer hochnotpeinlichen Befragung unterziehen!"

*

Nichts weiß Kaji mehr von dem, was sie als Mensch erlebt hat, wie sie auf ihren beiden Kindern liegt und über das Meer in die aufgehende Sonne schaut.

Weich, entspannt liegt Kaji auf den schlafenden Kleinen. Mit jeder Feder, die ihre Kinder berührt, fühlt sie die atmenden Körperchen, und bei jedem leisen Fiepsen, erahnt sie etwas aus einem Kindertraum.

Von etwa einer halben Schwingenlänge unter sich, hört Kaji mal zaghaft leise, mal energisch laute Stimmen: „Tschill! Tschill! Tschill!" Sie kommen aus den Kinderstuben der Sperlingsfamilien, deren Nester tief im Inneren des Adlerhorstes versteckt sind. Jedes mal, wenn einer dieser kleinen Vögel, den Schnabel voller Insekten, durch das Geäst des Horstes schlüpft, und in seine Kinderstube kommt, recken sich viele Hälse steil nach oben. Und aus den weit aufgesperrten Schnäbeln ertönt es unmissverständlich: "Tschill! Tschill!" „Hunger! Hunger!"

Als Mensch hatte sie diese kleinen Gesellen geliebt, die nicht nur ihre eigenen Kinder mit begeisterter Liebe umsorgten, die manchmal auch Waisenkinder mit ebensoviel Liebe betreuten.
Als Adler sieht sie diese kleinen Vögel mit ganz anderen Augen: im Gegensatz zu den Schlangen und Eidechsen, die unter ihrer Nestburg wohnen, fühlt sie sich ihnen verwandt. Der selbstbewußte Blick dieser kleinen Vögel erinnert sie sehr an den eines Adlers. Sind sie doch auch Jäger, die Beute machen, und töten. Wohl ist bei ihnen alles viel kleiner – ihre Beute sind Falter, Schmetterlinge, Mücken, Raupen und andere Insekten – doch töten sie hundertmal mehr als ihre großen Verwandten.
Manchmal jagen sie auch in der Adlerburg, und es ist sogar geschehen, daß einer dieser furchtlosen Gesellen eine Florfliege, die sich auf Kajis krummen Schnabel niedergelassen hatte, im Fluge erhaschte. Aber es war wohl mehr Klugheit als Mut, wusste doch der kleine Vogel, daß Kaji es nicht auf ihn abgesehen hatte, und zudem wäre sie auch viel zu langsam gewesen, für diesen geschickten Flieger.
Emsig fliegen die Sperlinge ein und aus, die hungrigen Schnäbel ihrer Kinder zu stopfen. Sie vertun keine Zeit mit unnützen Dingen. Und doch: Jetzt landet einer neben Kaji am Horstrand, breitet seine Flügel ruckweise über einen dicken Ast, richtet Kopf- Hals- und Rückenfedern auf, legt sein Köpfchen zur Seite, öffnet den Schnabel und blinzelt mit starr verzücktem Auge in die Sonne. Ein zweiter Vogel schwirrt heran und legt sich neben ihn um ebenfalls ein Sonnenbad zu nehmen. Es dauert aber nicht lange, bis einer der Vögel unvermittelt mit einem „Tschilb!" „Komm mit!" von dem anderen dicht gefolgt aufschwirrt, um wieder auf Jagd zu fliegen.

Kaji hat viel Zeit, dem munteren Treiben der Sperlinge zuzuschau-
en. Die kleine Schar lebt in enger Gemeinschaft. Jeder kennt jeden,
alle reden miteinander, und zwischendurch versammeln sie sich zu
einem gemeinsamen Sandbad in der kleinen Mulde zwischen den
Felsen, oder einem Wasserbad in einer Pfütze nach dem Regen.
Dabei hält einer Ausschau nach Feinden, so daß die anderen in Ruhe baden können.
Sie machen alles zusammen; vergnügen sich und streiten auch mal
miteinander, aber vor allem können sie sehr zärtlich sein.
Eben ist wieder einer von ihnen vor Kaji gelandet und hat sich in die
Sonne gebreitet. Völlig entspannt liegt er da. Er weiß sich unter ihrem Schutz. Kein Feind würde sich in ihre Nähe wagen. Doch plötzlich verdunkelt ein Schatten die Sonne und schreckt den Sorglosen
jäh aus seinen Träumen auf. Gedankenschnell gleitet er an dem
Geäst herunter und taucht hinein. Dabei sieht er, wie Goldauge mit
einem Fisch im Fang auf das Nest herabsinkt.

Als Goldauge neben Kaji landet, kommt sie hoch. Die plötzliche Helligkeit weckt die Kleinen aus ihrem Schlummer. Mühsam heben sie
ihre Köpfchen, taumelig und nach Futter bettelnd, hoch. Kaji gibt ihnen kleine Fischhäppchen in die Schnäbel, bis sich ihre Köpfchen
müde fiepend senken. Nun lässt Kaji sich wieder auf ihre Kinder
nieder, während Goldauge beginnt, sein Federkleid in ruhiger Hin-
gabe zu pflegen.

Eines Tages sieht Kaji fern am Horizont merkwürdige Stangen aus
dem Meer steigen, auf denen seltsame Blumen tanzen. Unter den
langsam stetig höher aufragenden Stangen erscheinen allmählich
klobige Körper, die über das Meer auf sie zu schwimmen.
Was ist denn das? Auf diesen merkwürdigen Wesen laufen zweibeinige Gestalten umher. Es sind Pelzköpfige, die sich dort auf den
Rücken, und sogar im Inneren dieser großen Körper bewegen.

Aus langen Reihen von Löchern, in ihren Leibern, ragen dünne, stei-
fe, sich vor und zurück bewegende Beine, mit denen sich die behä-
bigen Wassertiere sehr langsam auf die Insel zu bewegen. Als sie
die Küste fast erreicht haben, ziehen sie die Beine in ihre Leiber ein,
und bleiben liegen.
Nun bringen alle ein Junges zur Welt, das sie neben sich auf das
Wasser legen. Pelzköpfige steigen in diese Jungen, die auf flinken
Beinen ans Ufer kommen. Dort springen die Pelzköpfigen an den
Strand.

Darauf kehren die Kleinen zu ihren Eltern zurück. Kaum haben sie sich wieder an deren Bäuche gelehnt, steigen die nächsten Pelzköpfigen herab, welche die Kleinen ebenfalls zum Ufer bringen.
Das wiederholt sich noch einige Male, bis fast alle Pelzköpfigen die großen Tiere verlassen haben. Nun schweben die Jungen auf die Rücken ihrer Eltern zurück. Auf den großen Tieren entfalten sich riesige braune Blätter, die sich im Winde ausbeulen. Nun schwimmen die Tiere, ohne ihre dünnen Beine zu gebrauchen wieder aufs Meer hinaus.

Das große Licht versinkt rotglühend in den Dunst, der in der Ferne aus dem Meere steigt. Laute Stimmen hallen in die Dämmerung. Die Pelzköpfigen versammeln sich.
Sie bilden eine lange Schlange, die, von einem Krähenschwarm begleitet, davonkriecht.
Krähen wissen, daß solch eine Pelzkopfschlange früher oder später einer anderen Pelzkopfschlange begegnen wird. Daß diese sich dann mit viel Lärm und Gebrüll ineinander verbeißen werden; wobei Teile ihrer Körper, sich windend und jammernd, zu Boden fallen.
So werden aus den Schlangen wieder einzelne Pelzköpfige, von denen manche den Ort bald wieder verlassen. Es bleiben aber genügend leckere Pelzkopfkadaver liegen, um vielen Krähenfamilien ein wohlschmeckendes Mahl zu bereiten.

*

An einem sonnigen Sommertag stehen die beiden Adlerkinder mit ausgebreiteten Schwingen, die Schnäbel hechelnd geöffnet, am Horstrand. Ihnen ist warm. Ein leichter Wind streicht kühlend unter ihre Schwingen. Der hebt jetzt Häubchen, das mit der Eierschale auf dem Köpfchen aus dem Ei kam, in die Luft, so daß es eine Weile schwankend über dem Horst schwebt, bis es seine Schwingen hebt, und langsam ins Nest zurücksinkt. Häubchens erster Flug!
Vor langer Zeit hat es sich aus der Enge seines Eies befreit. In diesem kleinen Flug haben sich zum erstenmal die Fesseln der Schwerkraft von ihm gelöst.
Häubchen erahnt eine bevorstehende zweite Geburt, die es in die vor ihm liegende Weite über Land und Meer hinaustragen wird. Es fühlt die Verlockung, seiner verheißungsvollen Sehnsucht zu folgen, sich aus der Geborgenheit des Nestes zu lösen, und den Sprung ins Ungewisse zu wagen. Doch noch zögert es, beim Anblick der beängstigenden Tiefe unter sich.

Als Kaji und Goldauge aus schwebendem Flug auf den Horstrand niedersinken, sehen sie die Stimmung ihrer Kinder in deren Augen, die, sie begrüßend, immer wieder zu dem Felsen hinüberschauen, der jenseits der Schlucht aus dem Meer aufragt.

Kaji wendet sich Häubchen zu, steigt auf den Horstrand, ermutigt es ihr zu folgen, breitet ihre Schwingen in den Wind und lässt sich von ihm langsam auf den gegenüberliegenden Felsen zutragen.

Häubchen zögert nicht seiner Mutter zu folgen, die auf dem Gipfel des Felsens landet, und gleitet durch die warme Luft auf sie zu. Als der mutige Vogel aber Höhe verliert, beginnen seine Flügel sich zu heben und zu senken, ihn dabei höher und höher zu tragen, bis er seiner Mutter buchstäblich vor die Füße fällt.

Häubchen schüttelt sich, atmet schnell, mit offenem Schnabel und zittert vor Aufregung. Was ist nur alles geschehen!? Die ganze Welt hat sich verändert, alles um sie her ist ihr so fremd! Sogar die Nestburg, aus der Goldauge und Feder, so heißt Häubchens Schwester die eine weiße Feder im Schwanz trägt, zu ihr herüber schauen, sieht jämmerlich klein und ganz anders aus. Kaji jedoch ist Kaji geblieben und sieht ihr verunsichertes Kind mit Stolz und lieben Gefühlen an. Das tut gut, und bald erholt sich das Adlerkind, und fühlt sich bei seiner Mutter wieder geborgen.

Aufmerksam beobachten Kaji und Häubchen nun das Geschehen auf der Nestburg. Goldauge schaut herüber, löst sich vom Nest in die Luft und wendet sein Gesicht Feder zu. Wie von einer unsichtbaren Schnur gezogen, folgt Feder Goldauge, bis auch sie mit einer unsicheren Landung festen Boden erreicht. Goldauge und Feder sind auf einem Plateau unterhalb von Kaji und Häubchen angelangt.

Kaji sieht Häubchen ermutigend an, läuft mit sich ausbreitenden Schwingen auf den Felsrand zu, gleitet in einer Kurve auf das Plateau hinab und landet vor Goldauge und ihrem Kind. Häubchen ist seiner Mutter gefolgt und landet dieses Mal schon viel sicherer direkt neben ihr.

Inzwischen sind Häubchen und Feder gute Flieger geworden, und mit ihren Eltern weit gen Süden geflogen. Mama, Papa, Häubchen und Feder liegen, wiegen sich in der milden Luft, die eine leichte Brise vom Meer her den Berghang hoch unter ihre Schwingen weht. Hier oben, in dem wolkenlosen Himmel, ist ihre Welt, in der sie, als Krone der Schöpfung, frei und unantastbar über allem schweben. Um sie her: endlose Weite, Vögel, ihre Rufe, Schreie, befiedert wie sie, aber kleiner und ohne die Kraft ihrer Schwingen und Fänge.

Und tief dort unten: ein kleiner Hafen, in dem ein paar Boote in den sonnigen Tag vor sich hin träumen. Und Pelzköpfige, die auf einem Steinquader der Kaimauer sitzen. Einer, mit einem Stängel in seinem Mund, an dessen Ende ein sehr kleiner Vulkan Rauch speit.
Ein anderer hebt einen Stock an sein Gesicht – ein lauter Knall – stechender Scherz trifft Kajis Brust.

Ihr Schmerzensschrei ruft Goldauge herbei, der mit Häubchen und Feder zu ihr fliegt, seine Gefährtin verzweifelt rufend umkreist während sie mit erlahmenden Kräften gegen ihr Hinabsinken kämpft, gegen den Schmerz und das Grauen, das sie in die Tiefe zieht – und fällt ins Meer.

Wie gelähmt liegt sie mit ausgebreiteten Schwingen auf dem Wasser, das sich in leichten Wellen auf und ab bewegt. Goldauge fliegt hinab zu ihr, versucht neben ihr auf dem Wasser zu landen, sinkt ein und kann sich nur mit Mühe aus den saugenden Fluten wieder in die Luft erheben.
Immer wieder versucht er neben Kaji zu landen. Er hofft, seine Nähe würde ihr helfen wieder aufzufliegen.
Doch mit jedem vergeblichen Versuch wächst die Verzweiflung und die Angst um Kaji, seine Gefährtin, die, solange er denken kann, stolz und stark und in ihrer so vertrauten Schönheit und Liebe bei ihm war, die jetzt, Schmerz, Angst und Verzweiflung in den Augen hilflos auf dem Wasser schaukelt.
Hilfe suchend sieht sie noch einmal zu ihren, über ihr kreisenden Lieben auf – dann sinkt ihr Kopf langsam ins Wasser hinab.

*

Unter sich gewahrt Kaji zwei Delphine, die sich in einem langsamen Tanz umeinander bewegen. Ihr ist, als ob zärtliche Klänge aus der Tiefe sie berühren, sie auf die großen geschmeidigen Geschöpfe zu tragen bis eines sie auf wundersame Weise in sich aufnimmt.
Kaji fällt in einen Schlaf, der sie in seltsame Träume führt. Um sie her fließen Melodien und Farben, die Geschichten erzählen von Sehnsucht, Liebe und Glücklichsein.

Lange hat sie geträumt. Und lange währt ihr Erwachen. Dabei fühlt sie, wie sich ihr schlanker Körper wiegt, hört sie das Herz ihrer Mutter schlagen und die vielstimmigen Laute, mit denen sich ihre Eltern unterhalten.

Dann werden die wiegenden Bewegungen heftiger, und gleitend, und sie merkt, wie sie langsam in helle Kühle sinkt.

Ihre Augen öffnen sich, und sie gewahrt zwei Delphine neben sich, die sie aufwärts tragen bis ihr Kopf aus dem Wasser auftaucht. Tief atmet sie köstliche Seeluft ein, bis sie, von ihren Freundinnen immer noch liebevoll getragen, mit ihnen wieder untertaucht.
Jetzt sieht sie einen dritten Delphin, erkennt ihre Mutter, die sie noch nie gesehen hat, an den glücklichen Augen, schwimmt auf sie zu und schmiegt sich an ihre Seite. „Sanftauge." sagt die Mutter leise und geleitet ihr Kind an die Wasseroberfläche, um gemeinsam mit ihm Luft zu holen. Dann tauchen sie unter. Sanftauge weiß gar nicht, wie ihr geschieht. Ihr ist, als erwache sie langsam aus endlosen Träumen in eine neue Welt.

Fremde wie vertraute Stimmen, Klänge und Geräusche klingen aus weiter Ferne, von näher um sie her und von ganz nah: die Stimme ihrer Mutter.
Sie ist ihr ewig schon vertraut. Lange vor ihrer Geburt hat sie ihr gelauscht. Nun hat sie eine Gestalt angenommen: mächtig ist sie, und schön.
Obwohl Sanftauge so nah bei ihr ist, ruft sie ihre Mutter ganz vorsichtig, und leise: "Stimme!"
Als ihr Kind an ihrem Bauch einen weichen Wulst findet, und mit seinen Lippen umschließt und trinkt, schwimmt Stimme langsam weiter und zieht ihr trinkendes Kind neben sich her. Dabei fließen, von ihren Flossen bewegt, kleine Wasserwirbel liebkosend um Sanftauges Gestalt.

Zeit ist vergangen, für immer dahin … Sanftauge, Stimme, ihre ganze große Familie, das Meer, der Himmel, die ganze Welt, ist immer noch da!
Und alle Lebewesen in ihrem Meer sind Sanftauge inzwischen vertraut. Alles was sie berührt, sieht, schmeckt, empfindet sie als lebendig und irgendwie beseelt. Das Wasser, das sie umfließt und trägt, ist wie ein Freund der immer bei ihr ist. Aber auch Pflanzen, Steine, Sand scheinen lebendig zu sein, zu ihr zu sprechen – das alles ist ihr vertraut.

Doch dann entdeckt sie ein fremdartiges Gebilde; aus dem sandigen Meeresgrund auf den Sonnenlicht bunte, über den Sand huschende Muster wirft, ragt ein gewaltiger, dunkler Körper, wie ein gestrandeter Riesenfisch auf. Reglos, stumm liegt er da.

Vorn leicht aufgerichtet, als wolle er sich noch einmal aufwärts bewegen, dennoch müde auf die Seite geneigt – wie auf ewig eingebettet zwischen Pflanzen, die sich in der kaum spürbaren Strömung sachte wedelnd bewegen.

Verwundert betrachtet Sanftauge das seltsame Ungetüm. Aus seinem Körper ragen schlanke Säulen auf, von schlapperigen Tüchern in traumhaft langsamem Geschlenker umweht.
Sanftauge glaubt unheimliche, wie kraftlos winkende, in das Geschwanke gebannte Wesen zu spüren – unsichtbar – dunkel.
Sie betrachtet den fremdartigen Riesenkörper mit den Augen, und ihrer Stimme, die sie tastend auf den Bootsrumpf richtet.
Einen Teil ihrer Stimme wirft der Rumpf zurück. Es dringen aber auch Schallwellen durch sein Holz, und geben ein leicht gedämpftes Bild des Innenraumes wieder.
Sanftauge sieht die Silhouetten kleiner Fische, die im Dämmerlicht zu ruhen scheinen in merkwürdigem Kontrast zu den endlosen Reihen sich scharf im Holz abzeichnender Metallnieten und Bolzen, und im Innenraum verteilten Geräten, Kanonen und Eisenkugeln. Auch der Anker und seine gleichgliedrige Kette passen so gar nicht in Sanftauges Vorstellung von der Welt. All das kommt ihr irgendwie gewalttätig und bedrohlich vor, wogegen sie die verstreuten Knochen menschlicher Skelette als etwas Natürliches empfindet. Sanftauge spürt, daß dieser Riesenfisch nicht Teil der Schöpfung, daß er aus einem ihr fremden Geist geboren wurde – spürt wie dieser gespenstisch in dem Rumpf dieses Ungeheuers geistert.

*

Es ist schon eine Weile her, daß Sanftauge am Schiffswrack zum ersten mal Spuren der Menschen entdeckt hat, als sie auf eine Inselgruppe nahe der Küste zuschwimmt. Vor einer kleineren Insel gewahrt sie etwas Ungewöhnliches im Wasser: Es sieht aus wie eine helle, panzerlose, in die Länge gezogene Schildkröte, und scheint im Wasser mehr zu krabbeln als zu schwimmen.

Sanftauge gleitet auf das Krabbelwesen zu. So wunderlich es auch aussieht, mit seinen überlangen ungelenken Gliedmaßen, die es mühsam und schwerfällig durch das Wasser schieben, geht von ihm eine merkwürdige Anziehung aus. Langsam, um es nicht zu erschrecken, taucht Sanftauge vor ihm auf – blickt in zwei große, verwunderte Augen.

Das Krabbelwesen verlangsamt seine Bewegungen und verharrt, von weichen Wogen getragen, auf der Stelle. Auch Sanftauge steht, von leichten Bewegungen ihrer Schwanzflosse getragen ruhig vor dieser Erscheinung mit den dunklen Augen, aus deren Tiefe ein warmer Schimmer zu ihr herüberweht.

Ein seltsames Gefühl durchwärmt sie und belebt ein Bild, das sich in einem hohen Pfeifton aus ihr löst: „Sprechende Augen!" – sachte nähert sie sich dem Augenwesen, berührt es mit ihren Lippen und fühlt eine zarte Berührung seiner Hand auf ihrer Stirn. Verträumt sinkt Sanftauge in die Tiefe zurück. Von den Stimmen ihrer Gefährten geweckt folgt sie ihnen aufs Meer hinaus.

Aus der Ferne klingt leise Musik, in die sie und alle Delphine mit einem Freudengesang einstimmen. Sie kommt von weither übers Meer, begleitet von den Gesängen ihrer Verwandten, die in weiter Ferne ein sich näherndes Ereignis begrüßen.

Geschwind gleitet Sanftauge dahin, aus den Wellen dem Himmel entgegen, schwebt über dem Meer und taucht mit Freudenschreien in die Wellen zurück. Aus reiner Lebensfreude schnellt sie mit ihren Gefährten immer wieder aus dem Wasser um einen berauschenden Augenblick über dem Meer zu schweben. Sie sieht, wie sich der Himmel verfinstert, wie sich tiefblaugraue Wolkengebirge vor die Sonne schieben in denen ihr Leuchten versinkt. Mit blitzendem Flackern, das auf weißen Körpern vorüberfliegender Möwen unruhig aufleuchtet, wachsen sie dunkel heran.

Sanftauge hebt sich aus den Wellen, steht aufrecht auf ihrer Schwanzflosse und schaut und horcht in die luftige Welt. Rufe und Schreie der Vögel scheinen jetzt über tiefem Grummeln zu schweben. Aus dunklen Schluchten, der immer näher heranwallenden Himmelsgebirge leuchtet es schwefliggelb, zuckt, in gezacktem weiß erstarrend, verglühend über finsteren Welten. Aus dräuendem Wolkengewühl fährt es zackig, grell, gleißend, gefächert ins Meer.

Sanftauge erlebt Gewalten, die vor ihren Augen eine Welt verwandeln, und spürt, wie auch sie eine Verwandlung erlebt: Die entfesselten Himmelsgewalten spiegeln sich in ihrer Seele wie eine leise, neue, sehnsuchtsvolle Melodie.

Als Sanftauge zurück ins Meer taucht, umklingt sie eine ganz andere Symphonie. Durch den Gesang der Delphine und die Stimmen vielfältiger Meeresbewohner hallen die Laute der Blitze, die fern und nah ins Wasser treffen. Sie eilen über den Meeresgrund, zerschellen an Riffen, zerrieseln im Gewirr der Pflanzen zu singendem Summen, echoen als helles Trommeln von den Leibern der Fische, die bunt flackernd aufleuchten, die wie Irrlichter tanzend in farbig aufpulsender Glut vergehen, dunkel umherhuschend mit aufblitzendem Auge in neuen Farben erglühen.

Sanftauge ist Teil dieser großen Symphonie, singt und tanzt ihre Lebensfreude in diese verzauberte Welt und fühlt noch immer das sanfte Leuchten dunkler Augen, die von irgendwo, zu ihr herübersehen.

*

Als Marko so nah vor sich einen Delphin erblickte, glaubte er zu träumen. Der Anblick war so unwirklich, so fremd und doch auch irgendwie vertraut. Bisher hatte er Delphine nur von weitem gesehen, wenn sie aus dem Wasser sprangen und gleich wieder untertauchten. Schon aus der Ferne erahnte er, beim flüchtigen Erscheinen ihrer geschmeidigen Leiber, deren Schönheit und Harmonie. Doch seine Vorstellung verblasste vor der Wirklichkeit, als Sanftauge so unerwartet, und nah, vor ihm erschien.

Er sah ihr schönes Gesicht, ihre sanften Augen und wie sie unendlich langsam näher kam. Als sie ihn vorsichtig und zart mit ihren Lippen berührte, erlebte er ein Glücksgefühl das in ihm aufbrandete wie eine Welle, die ihn hinwegzutragen schien. Unwillkürlich suchte seine Hand einen Halt und berührte Sanftauges Stirn. Die war feucht und kühl. Aber es ging eine Wärme von ihr aus, die sich beruhigend über seine Gefühle legte.

Als Sanftauge sich von ihm löste und in die Tiefe sank, sah er ihr noch lange nach, eh er zurück zu seiner kleinen Insel schwamm. Als seine Füße den sandigen Grund fühlten, und er aus dem Wasser stieg, wollten ihm seine Bei-ne kaum noch gehorchen. Er wankte über den Sand, der die kleine Bucht säumt, kletterte mühsam einen Felsbuckel hoch und legte sich erschöpft ins Gras. Versonnen schaute er über das Wasser zu der Stelle, an der er Sanftauge begegnet war. Er fühlte ihre Nähe und träumte davon, daß sie wiederkäme.

Als Marko aus seinen Träumen erwachte, war das Gewitter schon über ihm. Gedankenverloren ging er an die Bucht zu seinem Ruderboot, schob es ins Wasser, stieg ein und begann ohne Hast auf das Festland zuzurudern. Es war nicht mehr allzu weit bis zum Hafen. Er konnte die Hütte seiner Großmutter schon erkennen, die aus dem Schutz alter Bäume zu ihm herüber sah. Um ihn her zuckten Blitze aus dunklen Wolken, rollte der Donner immer näher, und vom Meer her kam der Regen wie eine undurchdringliche Wasserwand auf ihn zu.

Vor ihr her tobte ein Sturm, der mit wilden Händen ins Wasser griff, die dunklen Fluten in erst nur kleine, dann immer höher aufsteigende Wellen teilte und weiße Gischtfetzen von gezackten Wellenkämmen fegte.
Marko war glücklich und fühlte sich eins mit den ihn umtosenden Elementen. Der Regen trommelte auf seinen bloßen Rücken wenn er sich vorbeugte um die Ruder hinter sich in die Wellen zu tauchen, und strömte ihm über Gesicht und Brust, wenn er sich wieder zurücklehnte.
Das Regenwasser, das sich im Boot sammelte, schwappte im Rhythmus der Ruderschläge hin und her und vermischte sich mit dem Salzwasser, das von den Wellen, in gischtigen Fetzen, ins Boot wehte.
Während das Wasser im Boot stetig stieg verschwammen die Hütten, die sich um den Hafen aneinander drängten, in den vom Sturm gejagten Regenböen zu grau ineinander fließenden Schemen, hinter denen das hangaufwärts liegende Häuschen seiner Großmutter ganz in nebelndem Grau versank. Wasser, Land und Himmel schienen im Sturmgebraus ineinander zu fließen und das schon nahe Land in wildem Wirbeln unterzugehen. Marko sah nur noch Wasser unter und über sich und ruderte in seinem Boot, das bald zu sinken drohte, unverdrossen weiter.

Aufbrausende Wasser stiegen über den Bootsrand und schnappten nach ihm wie geifernde Hunde, ihn in die Tiefe zu reißen. Um ihn her waren Aufruhr und Gewalten, die nach seinem Leben trachteten, doch in ihm waren Freude, Ruhe und Kraft, und er war glücklich, mit sich, seinen Gedanken und Gefühlen hier draußen allein zu sein.
Noch hielt sich das Boot über Wasser, als Marko vor sich eine Helligkeit ausmachte, aus der donnerndes Tosen zu ihm herüber hallte. Nach wenigen Ruderzügen sah er die, am Steinwall hell aufgischtende Brandung, und steuerte auf die dunkle Lücke zu, in der er die Hafeneinfahrt erkannte.

Nachdem Marko die Mole umrundet hatte, ruderte er im Schutze des Steinwalles weiter und legte bald am Bootssteg an.

Die menschenleere Dorfstraße führt am Hafen vorbei, über dessen dunklem Wasser der Blitze flüchtiger Schein an den Booten jäh aufleuchtete, und über die nassen Giebel und Dächer niedriger Hütten geisterte. Marko ging die Straße entlang und bog ab auf den Pfad, der hinauf zu Großmutters Häuschen führte.

*

Seit seine Mutter gestorben war, lebte er bei ihr. An seinen Vater konnte er sich nicht erinnern. Marko war noch ganz klein, als der von einer Seereise nicht mehr heimkam. Den Kinderschuhen kaum entwachsen, arbeitete er mit seiner Großmutter auf dem Feld und im Garten. In seiner Freizeit fuhr er oft mit seinem Freund, dem alten Mo, in dessen Ruderboot zu einer Bucht, um dort zu fischen. Seit den alten Mo die Gicht plagte, fuhr er meistens ohne ihn in dessen Boot aufs Meer, um hernach den Fang mit ihm zu teilen.

Auf einer solchen Fahrt hatte er „seine Insel" entdeckt. Vom Dorf aus war sie nicht zu sehen, denn sie lag hinter anderen Inseln verborgen. Er hatte das Gefühl, daß auch sie ihn sah und daß sie auf ihn wartete. Er fuhr auf sie zu und landete in einer sandigen Bucht. Dort erblickte er ein mit Schilf und niedrigem Gebüsch bewachsenes Tal, aus dessen Mitte eine Kiefer wuchs, deren Gipfel zur Höhe einer Felswand aufragte.

Marko kletterte einen Felsbuckel hoch auf eine kleine grasbewachsene Ebene, von der aus er die Insel und das Meer überschaute.

Die Bootsfahrt hatte kaum eine Stunde gedauert, doch fühlte er sich unendlich weit weg von seinem Dorf und der Menschenwelt. Er setzte sich ins Gras, schaute den Möwen nach, wie sie über ihn hinweg schwebten, und lauschte dem leisen Plätschern der Wellen.
Dann stieg er hinab in die Bucht und ging am Ufer entlang um die Insel herum, bis er das Tal erreichte. Hier, im Schutz der Felswand, entdeckte er eine kleine Wunderwelt. Um einen Tümpel herum blühten Blumen die einen betörenden Duft verströmten. Bunte Schmetterlinge schwebten von Blüte zu Blüte, und blauschillernde Libellen kreuzten in schnellem Flug über dem glitzernden Wasser.

Marko watete hindurch und ging zu der Kiefer, die auf einem sandigen Hügel stand. Er schaute den Stamm hinauf und wünschte sich hoch oben in ihrem Wipfel zu sein. Es würde schwer werden, den Stamm zu erklimmen und die untersten Äste dort oben zu erreichen. Dennoch, Marko wollte es versuchen, und umklammerte den Baum mit seinen Armen so hoch er konnte, zog die Beine nach und presste seine Schenkel um das Holz. Dann reckte er sich hoch, fand neuen Halt mit den Armen, zog die Beine nach und preßte seine Schenkel weiter oben um den Stamm.

Als er die Arme wieder löste und sich streckte, empfand er einen leichten, angenehmen, unbekannten Schmerz.

Der strömte in süßschmerzenden Wellen aus seinem Glied in die Schenkel, stieg wie kosende Flammen zurück und züngelte wirbelnd in seinem Leib.

Marko wusste nicht, wie ihm geschah, kletterte weiter und fühlte sich immer tiefer in die rätselhaften Gefühle hinein. Als er die untersten Äste erreichte, ging ein Zittern durch seinen Körper, wobei sich wellende Freudengefühle aus seinem Glied ergossen, bis es sich zuckend beruhigte.

Was machte dieser unglaubliche Baum mit ihm? fragte sich der ahnungslose Junge, und kletterte weiter bis in seinen Gipfel hinauf.

Dort stellte er sich auf zwei dicht nebeneinander gewachsene Zweige, und schob eine Hand in die Hose, um zu erfühlen was da geschehen war. Warm und glitschig war es dort zwischen seinen Beinen. Verwundert zog er seine Hand aus der Hose und betrachtete sie. Eine durchsichtige Flüssigkeit klebte an seinen Fingern, duftete wie ein blühender Lindenbaum.

Der herbsüße Duft erregte ihn, sein Zeigefinger ertastete die kleine Höhlung seines Bauchnabels, seine Hand glitt streichelnd unter die Hose, vorbei an dem sich erregenden Glied, betastete die sich öffnenden Schenkel, streichelte sie und den Po, machte seine Hose auf, streichelte sein Glied, das aufragte als wolle es sich in die Welt verströmen, bis unbeschreibliche Gefühle als kleine Freudenfontänen im Sonnenlicht glitzernd über Kiefernadelbüschel hinweg schwebten.

Lange stand der Junge da, mit dem Rücken an den Stamm des Baumes gelehnt, und versuchte das Ganze zu verstehen.

Sonnige Flecken spielten auf seinem gebräunten Körper und trockneten die Feuchtigkeit. Er glaubte mit ihm sei etwas geschehen, das es eigentlich nicht gab, das nur er erlebt hatte; ein bißchen beängstigend, aber sehr schön.

Es überkam ihn ein Gefühl der Einsamkeit, und eine Sehnsucht nach Nähe. Er dachte an Yasmin. Und ihre Augen. Tief und offen waren sie, geheimnisvoll und lustig.

Eines Abends – am Strand – schauten sie die Sonne, wie sie groß und rot ins Meer versank. Yasmin hatte ihren Kopf an Markos Schulter gelehnt. Der Duft ihres Haares, ihres Körpers und ihres Atems, und sie selbst waren ihm so nah, wie die Gedanken, die sie verbanden. Als das Sonnenlicht verlosch und die ersten Sterne über ihnen leuchteten, sah Yasmin Marko fragend an: „Ob wir wohl weiterleben, wenn wir gestorben sind?"
„Natürlich leben wir weiter, irgendwo in einer anderen Welt."
„Vielleicht verwandeln wir uns, und können fliegen!"
Verträumt schaute Yasmin zu den Sternen auf, und ihre Augen begannen zu leuchten, als sie Marko ansah, und sagte: „Ich würde jetzt so gerne mit dir weit, weit wegfliegen!"
„Aber da müßten wir ja erst zusammen sterben!"
„Ich will sowieso sterben, bevor ich groß bin. Willst Du dann nicht mit mir kommen?!"
„Groß werden will ich auch nicht! Niemals will ich so werden wie die Großen sind!"

Yasmin löste sich von seiner Schulter, kniete sich vor ihm in den Sand und lächelte ihn an. Ihre Lippen öffneten sich leicht, er spürte ihren Atem in seinem Gesicht. Wie in zwei tiefe Seen versank Marko in ihre Augen auf deren Grund Yasmins Seele ihn berührte, und mit ihm entschwebte, aus Zeit und Raum in eine andere Welt. –

Lange hatten sie geträumt. Einen Traum. Als sie langsam erwachten, sahen sie einander noch immer an und Yasmins Augen fragten: „Waren wir etwas gestorben, und die ganze Zeit in jener anderen Welt?" –

Marko sah durch die Zweige seines Baumes aufs Meer. Ob Yasmin wohl jetzt an mich denkt?
Er sehnte sich nach ihr, danach, in ihre Augen zu sehen, und mit ihr zu sein in jener anderen Welt. Dann sah er sie am Strand. Kleine Wellen umspülten ihre Füße. Die Haare wehten um ihre schmalen Schultern und streichelten zwei blassrote Pünktchen auf ihrer hellen Brust. Sie schien eben den Wellen dort entstiegen zu sein, winkte ihm zu und sah glücklich lächelnd zu ihm hoch. Dann verblasste ihre Gestalt und löste sich auf im Glitzern der Wellen.

Marko war wieder allein mit sich und seinen Gedanken und Gefühlen: Vielleicht geht es anderen ja auch wie mir, und vielleicht hat es damit zu tun, wenn Frauen Kinder kriegen wollen.

Was der Hahn mit den Hühnern macht, damit Küken aus den Eiern kommen, hatte er ja oft genug gesehen – aber bei Menschen – die ja gar keine Eier legen ... Er würde Großmutter fragen, die wußte viel.

Als er mit seiner Großmutter zu Abend gegessen hatte, fragte er sie:" Großmutter, wie kommt es, daß Mütter Babys kriegen?"

„Wie kommst du nur darauf, Junge, darüber spricht man doch nicht!"

„Ich weiß auch nicht, ich hab nur so Merkwürdiges erlebt, und weiß gar nicht was das ist."

„Was ist denn passiert?"

„Ach, es wurde mir auf einmal naß zwischen den Beinen, das war noch nie."

„Ich hätte nicht gedacht, daß dir das in deinem Alter schon passieren würde. Aber du hast recht, vielleicht hat es mit dem Kinderkriegen zu tun. Hat denn eine Frau etwas mit dir gemacht, daß es nass wurde zwischen deinen Beinen?"

„Nein, Großmutter, es war ein Baum. Kann eine Frau sowas denn auch?"

„Eine Frau kann das schon – aber ein Baum – nun muß ich dir wohl doch erzählen, wie das mit den Männlein und Weiblein so ist"

„Ach Großmutter, eigentlich will ich gar nicht mehr wissen wie das ist, ich mag das alles nicht!"

„Du hast ja recht, Kind, ich mag das auch nicht, und darum spricht man auch nicht darüber. Aber irgendwann wirst du es doch erfahren, und da ist es besser, wenn du es jetzt von mir erfährst."

„Na gut, meinetwegen."

„Ja, stell dir vor, eine Frau wünscht sich ein Kind. Dann genügt es nicht, daß sie sich ein Kind wünscht. Sie muß es auch bestellen."

„Und bei wem bestellt eine Mutter ihr Kind?"

„Bei ihrem Mann natürlich, der bringt es ihr."

„Woher holt es denn ihr Mann, wenn alle sagen, daß die Mütter es selber kriegen?"

„Ein Kind wächst wohl im Bauch einer Mutter, aber eh es dort wachsen kann, muss es ja irgendwie von irgendwo da rein."

„Und von wo kommt es dann irgendwie in ihren Bauch?"

„Ja, von ihrem Mann eben. Der tut sein Glied zwischen ihren Beinen in ein Loch im Bauch und spült ein Kind hinein. Und obwohl es ganz eklig ist, wollen die Männer das immer wieder machen, obgleich der Kirchenmann es verboten hat, weil es eine Sünde ist."

Marko schüttelte sich und sagte: „Ich will nie ein Mann werden, nie will ich ein Mann sein!"

*

Regenschwere Sturmböen haben Marko den Bergpfad hoch zu Großmutters Häuschen geweht. Hastig öffnet er die Haustür, um sie schnell hinter sich zu schließen. Großmutter sitzt an ihrem Spinnrad. Nun steht sie auf, legt ihre Hände auf Markos nasse Schultern und sieht ihn an. "Junge, daß du wieder da bist! Du bist ja völlig durchnässt! Zieh Deine Hose aus und häng sie an den Herd, ich hol dir was Trockenes."

Marko hängt seine Hose über die Lehne eines Stuhls und rückt ihn an den Herd, auf dem der Wasserkessel eine auf und ab schwebende Melodie vor sich hin summt. Draußen kratzen und klappern Zweige an die Fenster, begleitet vom Heulen und Brausen des Windes während Marko sich abtrocknet und ein langes Hemd überzieht. Großmutter hat sich wieder an ihr leise surrendes Spinnrad gesetzt. Als Marko es sich vor ihr auf dem Flickenteppich bequem macht, sieht sie ihn fragend an, wobei sich der Faden, zwischen ihren Fingern gleitend aus einem flauschigen Wollbausch zieht.

„Weißt du was ich heute erlebt habe?"

„Nun erzähl schon Junge, wie ist es dir in dem Unwetter ergangen. Du warst doch wieder auf dem Wasser, oder?"

„Natürlich, und es war schon eine abenteuerliche Fahrt im Boot, als das Gewitter kam – aber davor hab ich noch etwas erlebt."

„Nun bin ich wirklich neugierig, erzähl schon, hast du ein Meeresungeheuer gesehen?"

Eine Weile denkt Marko nach, dann fragt er: „Können Fische sprechen?"

„Nein, natürlich nicht, Fische sind doch stumm!"

Wieder entsteht eine Pause.

„Ich war von meiner Insel nur eine kleine Strecke ins Meer geschwommen, dann war da ein Delphin, vor mir im Wasser, ganz nah."

Das Spinnrad hört auf sich zu drehen, die alte Frau schaut verwundert auf den Jungen.

„Wir sahen uns an. Er kam näher und sagte was zu mir. Es war ein Pfeifen, das sich wie eine Begrüßung anhörte. Dann berührte er mich noch mit seiner Nase, bevor er wieder untertauchte."

Seine Augen haben mich so freundlich angeschaut, als ob sie sagten: Ich mag dich! Ob er wohl noch mal zu mir kommt, wenn ich wieder um die Insel schwimme?"

Die alte Frau sieht den Jungen beschwörend an, als sie sagt: „Wenn der Delphin so freundlich war, kann es schon sein, daß er wieder zu dir kommt. Ich hoffe nur, daß es wirklich ein Delphin ist, und nicht, Gott-sei-bei-uns, der Leibhaftige in Delphingestalt, der Menschen verführen und ihre Seelen fangen will. Du musst auf der Hut sein, Junge! Wenn er wiederkommt und in Menschenworten zu dir spricht, ist er es gewiß. Dann musst du das Zeichen des Kreuzes machen und das Vaterunser sprechen, bis er von dir abgelassen hat."

Marko sieht die Frau aus weit geöffneten Augen an ... ist das noch seine liebe Großmutter? Ihn fröstelt. Er kann es nicht glauben daß SIE das gesagt hat ... sein Delphin der Leibhaftige!
Beschwichtigend legt die alte Frau nun ihre Hand auf Markos Arm; „ Ich wollte dir doch keine Angst machen, Junge, wenn du nur das Zeichen des Kreuzes machst, kann dir ja gar nichts geschehen!"

Auf all das weiß Marko nichts zu sagen. Ihm ist nicht wohl. Er rückt näher an den Herd, schaut in das gelbe Flackern unter dem Riß in der schweren Herdplatte und erinnert sich an die Begegnung mit dem Delphin; noch nie hab ich solch sanfte Augen gesehn ... und das soll der Teufel sein?!, so sanfte Augen ... Sanftauge werde ich ihn nennen, meinen Freund, den Delphin, wenn ich ihn wiedersehe. Oder ist er gar eine Freundin? mit diesen sanften Augen?

Sanftauge war seit dem Gewitter schon einige Male an der kleinen Insel vorbei geschwommen, ohne Sprechende Augen dort zu finden. Wieder hat sie sich von ihrer Gruppe gelöst und schwimmt auf die Insel zu. Nun sieht sie das Ruderboot in der Bucht, das auch damals dort gelegen hatte, als sie Sprechende Augen begegnet war.
Eilig schwimmt sie näher, taucht aus den Wellen, richtet sich auf ihrer Schwanzflosse auf und ruft ihr hohes Pfeifen zur Insel rüber. Augenblicklich erhebt sich Marko von dem felsigen Hügel, auf dem er gelegen hat, ruft: "Sanftauge, daß Du wieder gekommen bist!", klettert zur Bucht hinunter und geht ins Wasser auf sie zu.

Indessen ist sie wieder abgetaucht. Als Marko brusttief im Wasser steht, richtet sie sich direkt vor ihm auf, sieht ihn an und stupst ihre Nase an seine Brust, als wolle sie sich vergewissern, daß es wirklich Sprechende Augen ist. Wieder streichelt er ihren Kopf und wieder taucht sie in die schräg abfallende Tiefe davon.

Enttäuscht sieht Marko ihr nach. Doch schon springt sie nur wenige Bootslängen entfernt hoch und klatscht kopfüber in die Wellen, versucht, ihn mit Luftsprüngen und Pfeiftönen zu sich zu rufen. Es dauert, bis Marko errät was Sanftauge ihm sagen will: Er soll zu ihr kommen!
Endlich taucht der Junge unter, und schwimmt auf sie zu. Im klaren sonnendurchleuchteten Wasser sieht er sie mit einer Pflanze zwischen ihren Lippen auf sich zukommen. Doch eh Sanftauge ihn erreicht taucht er aufwärts, um Luft zu holen. Da fühlt er wie Wasserwirbel ihn umspülen. Als er den Kopf über Wasser hebt, sieht er in Sanftauges Gesicht.
Die Pflanze zwischen ihren Lippen, scheint sie auf etwas zu warten. Zögernd greift Marko nach dem schlaffen Grün, das Sanftauge ihm wie ein Geschenk übergibt. Darauf legt sie sich so an seine Brust, daß er seinen Arm über ihren Rücken legt.
Es ist wie ein Traum ... unwirklich ... Mensch und Fisch und diese Nähe! Das kann nicht wahr sein, und Marko würde es auch nicht glauben was er erlebt ... aber dieser Fisch schaut ihn jetzt an mit sanftem Blick, leise knarrende Laute, langgezogenes Pfeifen, und nun kommt Leben in seinen geschmeidigen Körper.
Als er ihm zu entgleiten beginnt, greift Marko nach seiner Rückenflosse und fühlt, wie das Wasser um seinen Körper rauscht. Mühelos zieht ihn Sanftauge neben sich her durch die aufschäumenden Wellen aufs Meer hinaus.

Miteinander gleiten sie dahin. Marko fühlt sich wie im Rausch, entführt in eine andere Welt. Als Sanftauge plötzlich untertaucht, schaut sich der Junge nach seiner Insel um. Sie ist erschreckend klein geworden. Er schaut um sich. Wenn Sanftauge doch nur wieder da wäre!
Aber Sanftauge ist nicht mehr zu sehen. Nur die Ruhe bewahren und gut überlegen, wie ich mich jetzt verhalten muß!

Marko versucht vergeblich abzuschätzen, wie weit es bis zu seiner Insel ist. Er sieht sie immer nur einen kurzen Augenblick, wenn ihn eine Woge hebt, eh sie wieder in der Ferne versinkt. So weit ist er noch nie geschwommen!

Kalt ist das Wasser nicht gerade, aber kühl genug um ihn in einer oder zwei Stunden soweit auszukühlen, daß Arme und Beine erlahmen würden. Ruhig und kräftesparend müsste er schwimmen und kurze Pausen machen, sich auf den Rücken legen, mit viel Luft in den Lungen, und neue Kräfte sammeln. Und doch wäre es gewiß ein hoffnungsloses Wettschwimmen gegen die Zeit.

Dennoch nimmt Marko all seinen Mut zusammen, und beginnt auf sein fernes Ziel zuzuschwimmen.

Wieder fühlt er prickelnde Wasserwirbel an seinem Leib. Sanftauge ist unter ihm durchgetaucht, hebt sich vor ihm aus den Wellen, begrüßt ihn pfeifend und knarrend und umarmt ihn mit ihren Flossen, wobei sie seinen Oberkörper mit sich aus dem Wasser hebt. „Sanftauge", sagt er. „bitte, bitte, bring mich zu meiner Insel zurück! Ich bin doch nur ein Mensch und muss ertrinken, wenn du mir nicht hilfst!"

Sanftauge sieht nicht so aus, als ob sie ihn verstanden hätte; scheint sich einfach nur zu freuen, daß sie ihren Menschenfreund wiedergefunden hat. Dabei wendet sie ihren Kopf hin und her, als ob sie nach etwas Ausschau halten würde, und nun springt tatsächlich noch ein Delphin pfeifend aus dem Wasser, sieht Marko an und taucht wieder unter. Jetzt erscheinen drei Delphine gleichzeitig nebeneinander und schauen auf das seltsame Paar.

Sanftauge hat ihre Gefährten geholt, denen sie ihren Menschenfreund vorzustellen scheint. Um sie herum beginnt es zu rauschen und zu platschen. Immer mehr Delphine springen hoch, schauen und begrüßen Marko, so als wäre er einer von ihnen. Und plötzlich, wie sie erschienen sind, tauchen sie zurück in ihre Unterwasserwelt. Und auch Sanftauge folgt ihnen in die Tiefe, und läßt Marko wieder allein zurück.

Verzweifelt ruft er ihren Namen über die Wellen. Doch niemand scheint ihn zu hören – außer einer Möwe, die auf ihn zufliegt und sich vor ihm auf dem Wasser niederläßt. Gemütlich liegt sie auf den Fluten und läßt sich von den Wellen wiegen, wobei sie unverwandt zu Marko rüber sieht.

Als er wieder nach Sanftauge ruft, antwortet der weiße Vogel mit schrillem Schrei, der wie klagendes Lachen verhallt. In seiner Verzweiflung wünscht Marko sich, eine Möwe zu sein, worauf Sanftauges vertrautes Gesicht doch wieder vor ihm erscheint. Zwischen ihren Lippen hält sie ihm die Pflanze entgegen, die seiner Hand entglitt, als er sich das erste Mal von ihr verlassen glaubte.

Marko betrachtet seine geheimnisvolle Freundin mit unbeschreiblichen Gefühlen; „Sanftauge," sagt er leise. „ob du mir wohl verzeihen kannst, daß ich an dir gezweifelt habe?!"

Und, als er ihr Geschenk zum zweitenmal von ihren Lippen nimmt: „Wenn ich doch nur begreifen könnte, was du wirklich bist!"

Endlich legt sich Sanftauge wieder neben ihren Freund, so daß er sich an ihr festhalten kann, und schwimmt mit ihm zurück auf seine ferne Insel zu. Obwohl Marko nun endlich begriffen hat, daß seine Freundin ihn nie hier draußen auf dem Meer seinem Schicksal überlassen würde, hält er sich jetzt mit beiden Händen an ihr fest, wobei er darauf achtet, daß er seine kleine Pflanze nicht nochmal verliert.

Stetig wächst die kleine Insel auf sie zu. Als sie endlich in der Bucht ankommen, legt sich Sanftauge im flachen Wasser auf den sandigen Grund. Erschöpft bleibt Marko bei ihr liegen. Er zittert vor Kälte und innerer Erregung über das Erlebte und die Glücksgefühle, die sie miteinander verbinden. Mit zitternder Hand streichelt er ihren Kopf und Hals und ihre schlanke Seite. Reglos entspannt empfängt sie die Liebkosung seiner Hand.
Als er sich dann aufrichtet, wendet sie nur leicht ihren Kopf und schaut ihm nach wie er in die Bucht geht, und weiter ins Schilf, das sich raschelnd hinter ihm schließt. Doch bald erscheint er wieder und geht auf Sanftauge zu. Sie hat auf ihn gewartet und bemerkt nun ein längliches, dunkelbraunes Gebilde in seiner Hand. Sprechende Augen geht zu ihr ins Wasser und sieht sehr glücklich aus, als er den samtweichen Rohrkolben erst über seine Wange streichelt und dann ihr entgegenhält. Behutsam nimmt Sanftauge sein Geschenk zwischen ihre Lippen, wirft es in die Luft, fängt es wieder auf und schwimmt, es hochhaltend, mehrmals im Kreis bis sie mit ihm in die Tiefe taucht.
Auf der Suche nach einem Versteck für ihren Schatz findet Sanftauge ein Büschel zarter Pflanzen, die dicht aneinander aus sandigem Grund in die Höhe wachsen. Behutsam legt sie ihn zwischen das Grün auf den Sand. Doch das leichte Gebilde steigt an den gefiederten Stengeln nach oben.

Wieder nimmt sie es zwischen ihre Lippen, um ein geeigneteres Versteck zu suchen. Schließlich entdeckt sie unterhalb der Insel eine Höhle, die ihr geeignet erscheint. Als sie ihren Schatz in der Höhle auf den Grund legt, steigt er wieder auf, bis er an ihrem Deckengewölbe liegen bleibt.

Der ausgekühlte Marko hat sich auf seinem Felsen ins Gras gelegt, wo ihn das Sonnenlicht wärmt. Dabei versucht er seine wahllos dahintreibenden Gedanken einzufangen, und irgendwie zu ordnen.

Sanftauge hat mich gern, auch wenn sie ein Fisch ist und ich ein Mensch. Sie hat mir eine Pflanze geschenkt, mich mitgenommen aufs Meer und ihrer Familie vorgestellt.

Es ist wie im Märchen, wo Tiere verzauberte Menschen sind. Da könnte Sanftauge in Wirklichkeit eine Prinzessin sein, die ich mit einem Kuss aus ihrer Tiergestalt befreien kann. Aber Sanftauge ist ein Delphin, so wirklich und schön, wie nur ein richtiger Delphin sein kann. Nie ist Sanftauge ein Mensch gewesen! Und doch kommt sie mir irgendwie auch menschlich vor. Oder, vielleicht..........

Der Gedanke kommt so überraschend, daß Marko erst einmal innehält, ehe er ihn weiterdenkt.

Vielleicht bin ja ich verzaubert; ein Delphin in Menschengestalt, und Sanftauge will mich erlösen?! Oder ich war in einem früheren Leben ein Delphin und Sanftauge vielleicht ein Mensch.

Und wir sind alle irgendwie verzaubert und glücklich – oder auch unglücklich in dem, was wir gerade sind.

Sanftauge jedenfalls, scheint glücklich mit sich und ihrer Welt, und ich bin es manchmal auch; besonders wenn sie in meiner Nähe ist.

Sanftauge macht sich keine solchen Gedanken. Sie lebt wahrhaftig, und ganz in ihrer Wirklichkeit, verschwendet keinen kostbaren Augenblick ihres Lebens mit Fragen nach warum, woher, was war, was könnte sein.

Sanftauges Pfeifen weckt Marko aus seinen Träumen. Sie springt und taucht vor der Bucht und pfeift und knarrt ihm zu. Es hört sich wie ein Abschied an, und Marko ruft ihr zu: „Sanftauge, komm wieder!" Dann taucht sie ein ins Meer.

Noch ganz erfüllt von seinen Erlebnissen mit Sanftauge, rudert Marko auf den kleinen Hafen zu. So gerne würde er einem Menschen erzählen, was er erlebt hat. Was würde Großmutter wohl dazu sagen?

Wenn er ihr nun erzählen würde, daß Sanftauge wirklich ein Delphin und sogar ein Freund ist? Ganz wohl ist ihm nicht bei dem Gedanken, obwohl er Großmutter doch immer alles anvertrauen konnte ...und sein Freund, der alte Mo? Ja, Mo würde ihm zuhören, ihm würde er von Sanftauge erzählen!

*

Mos Häuschen liegt etwas abseits des Dorfes, für sich ganz allein, nahe dem Meer. Als Marko dort ankommt, sitzt sein alter Freund auf der Bank neben der Haustür im milden Abendsonnenlicht. Als der alte Mann Marko erblickt, gleitet ein frohes Lächeln über sein Gesicht.

„Junge, daß du mal wieder zu mir kommst! Ich dachte schon, du hättest den alten Mo ganz vergessen! Wo bist du denn nur die ganze Zeit gewesen?"

„Du hast recht Mo, bei dem was ich erlebt habe, hätte ich dich wirklich fast vergessen. Aber nun bin ich ja da und will dir erzählen, was alles geschehen ist."

„Ja, komm, setz dich zu mir, wie ist es dir denn ergangen Junge?"

Marko setzt sich zu Mo auf die Bank und schaut versonnen über das Meer. Nach einer Weile sieht er Mo fragend an: „Kennst du die kleine Insel auf der nur ein großer Baum, eine große Kiefer wächst, dort, hinter den Inseln?"

„Die mit der kleinen Bucht und dem sumpfigen Tal?"

„Ja die! Da bin ich gewesen und habe seltsame Dinge erlebt! Es war vor dem Gewitter, als ich um die Insel schwamm. Plötzlich war da ein Delphin vor mir im Wasser und kam auf mich zu. Als er mich mit seinen Lippen berührte, habe ich ihn gestreichelt. Dann versank er gleich wieder im Meer."

„Das hast du wirklich erlebt?"

„Ja, und als er wiederkam, sind wir sogar Freunde geworden."

„Das hört sich ja wie ein Märchen an, aber ich glaube dir, du wirst dem alten Mo doch keine Geschichten erzählen?"

„Nein, gewiss nicht! Das war alles so wirklich wie du und ich jetzt hier."

„Dann erzähl mal!"

In Mos Gesicht spiegelt sich Verwunderung und Staunen und als Marko alles erzählt hat, schauen sie beide eine ganze Weile gedankenversunken aufs Meer, bis Mo sagt:

„Was ist das nur für ein geheimnisvolles Wesen, das dir da draußen begegnet ist! Ich glaube der Delphin weiß, daß du anders bist als andere Menschen, und möchte mit dir befreundet sein.

Dabei habe ich so ein Gefühl, daß eure Begegnung eine besondere Bedeutung hat. Vielleicht soll dich dein Freund beschützen, vor einer drohenden Gefahr, oder den bösen Geistern, die in den Herzen so mancher im Dorf zu Hause sind. Was du erlebt hast ist ja ein wahres Wunder, und Wunder geschehen nicht einfach so.

Ich habe lange gelebt, und wie die Sonne dort bald ins Meer sinken wird, werde auch ich eines Tages aus dieser Welt gehen, und versinken in ein anderes Sein.

Wenn ich diese Welt und meine arme gebrechliche Hülle verlasse, wird es sein, als ob ich aus der Fremde nach Hause gehe.

Denn die Menschen hier machen mir Angst. Sie sind nicht wirklich und irgendwie heimatlos. Sie sind wie Phantome. Ihre Seelen sind zerfressen von dunklen Mächten. Dafür hat der Kirchenmann gesorgt. Er sät Zwietracht und Feindschaft zwischen Körper und Seele, Menschen und der Schöpfung und flüstert ihnen böse Geister ein. Und wenn sie nicht mehr wissen, was sie sind, verkauft er ihnen ein Plätzchen im Himmel - für Geld, wie andere Brote und Eier verkaufen.

Nein, der Kirchenmann kennt keine Ehrfurcht und Scheu und fängt mit seinen Verführungen schon bei den Kindern an. So wurde auch ich als Kind Opfer der Einflüsterungen eines Kirchenmannes, und wäre noch immer so wie all die anderen, wäre ich nicht einem wahren Freund begegnet, durch den ich ein ähnliches Wunder erlebt habe wie du jetzt mit deinem Freund, dem Delphin. Roa, der Rabe, hat mir gezeigt, was Freundschaft, Liebe und Würde sind.

Doch viele im Dorf haben den schwarzen Vogel gehasst. Der Kirchenmann hatte ihre Herzen vergiftet. Missgunst, Hass in sie eingepflanzt. Der Teufel halte sich versteckt in dem schwarzen Luder, spioniere so im Dorf herum, hat der Kirchenmann von der Kanzel gewettert. Dann hat er den Arglosen Vogel erschlagen.

Meinen toten Freund habe ich aus dem Dorf getragen, ihn hier begraben und ihm einen kleinen Kastanienbaum auf sein Grab gepflanzt. Dann habe ich neben dem Grab mein Haus gebaut. Seitdem lebe ich hier bei meinem toten Freund, dem Raben. Du bist wirklich zu beneiden, einen Delphin als Freund zu haben. Sprich aber zu niemandem im Dorf davon, es gibt so viele dumme, böse Menschen dort!"

„Du bist ganz anders als die Menschen im Dorf, Mo, so wie auch Yasmin anders ist, und ich wohl auch."

„Da hast du recht, Junge, Yasmin passt so gar nicht in die Menschenwelt, denn sie hat noch den Mut wahrhaftig zu sein. Sie ist wirklich, und nicht nur der Schatten ihrer selbst, aber wie lange noch?" …

*

„Soll ich dir ein Geheimnis verraten?"
Marko zieht die Ruder noch einmal langsam durchs Wasser, dann hält er inne und sieht Yasmin, die hinten im Boot sitzt fragend an.
„Ist es ein großes Geheimnis?"
„Sogar ein sehr großes!"
Yasmin stützt ihre Hände neben sich auf die Sitzbank, beugt sich vor und sieht Marko erwartungsvoll an: „Und das willst du mir verraten?"
„ Ja, und vielleicht wirst du es nachher sogar sehen! Aber du darfst niemandem davon erzählen, versprichst du mir das?"
„Versprochen! Ich werde schweigen wie ein Grab!"
Marko weist mit der Hand hinter sich. „Siehst du die Inseln dort? Noch etwas weiter ist eine kleine Insel, die wir noch nicht sehen können. Dort bin ich meinem geheimnisvollen Freund begegnet, einem richtigen Delphin."
„Ein Delphin ist dein Freund? Ist das wirklich wahr?"
„Er ist wirklich mein Freund, und wenn wir erst auf der Insel sind kommt er vielleicht sogar."
„Ist es denn noch weit dort hin?"
„Nicht mehr weit, schon gleich hinter den Inseln dort."

Vor ihnen öffnet sich jetzt eine enge Durchfahrt zwischen zwei Inseln. Nun sehen sie auch das einsame Eiland, auf das sie zufahren, bis das Boot endlich in der Sandbucht leise aufläuft. Marko steigt aus, klettert den Felsen hoch und hält nach Sanftauge Ausschau. Jasmin folgt ihm und sagt, wobei ihr Blick über die Insel gleitet: „Deine Insel ist ja noch viel schöner, als ich sie mir vorgestellt habe."
„Guck mal!" Marko deutet auf eine Stelle im Meer: "ich hab da was gesehen, es könnte Sanftauge sein."
Erst geschieht nichts. Dann springt tatsächlich ein Delphin hoch aus den Wellen und pfeift grüßend zu ihnen rüber.
„Das ist Sanftauge, sie hat mich gerufen, komm!"

Yasmin folgt Marko, der am Strand eilig seine Hose auszieht und ins Wasser läuft. Yasmin traut ihren Augen kaum, als der Delphin vor dem Jungen auftaucht, mit den Lippen seine Brust berührt, sich von ihm streicheln lässt und sie dabei aufmerksam anschaut.
Und dann spricht Marko auch noch zu dem Delphin: „Sanftauge, das ist meine Freundin Yasmin, ich glaub die wirst du auch so gern haben wie mich." Und zu Yasmin gewand: "Komm zu uns, Sanftauge möchte dich kennenlernen!" Zögernd zieht auch sie sich aus und geht langsam ins Wasser auf die beiden zu. Als ihr das Wasser bis zum Bauch reicht bleibt sie stehen.

„Ich trau mich nicht weiter, ich kann nicht schwimmen!"

„Warte, wir kommen zu dir!"

Und dieses Mal ist es Sanftauge, die Marko folgt, der sie zu Yasmin führt. Ganz zart berühren Sanftauges Lippen Yasmins Brust deren Hände sich leicht auf ihren schlanken Kopf legen. Auch Yasmin fühlt nun diese seltsame Wärme, die Arme hoch durch ihren ganzen Körper rieseln, wie es Marko bei seiner ersten Begegnung mit Sanftauge auch erlebt hat.

Dann taucht Sanftauge ihren Kopf ins Wasser, betastet Yasmins Füße und Beine, stupst an ihren Bauch, kommt hoch, lässt sich rücklings ins Wasser fallen, schwimmt auf- und abtauchend eine kleine Strecke, richtet sich auf ihrer Schwanzflosse auf und pfeift und knarrt zu Yasmin und Marko herüber.

Ohne den Blick von Sanftauge zu wenden sagt Yasmin: „Unser Freund ist das Schönste, das ich je erlebt habe. Ich glaube er will dass wir zu ihm kommen, aber ich kann ja nicht schwimmen!"

„Das musst du ganz schnell lernen, aber geh jetzt erst mal wieder an Land!"

Yasmin Klettert den Felsen hoch, läßt sich oben auf der Grasnabe nieder und sieht wie Marko auf Sanftauge zuschwimmt, sich an ihrer Rückenflosse festhält und mit ihr durch die Wellen gleitet.

Sie schwimmen in großem Bogen aufs Meer hinaus und wieder auf die Insel zu. Jetzt tauchen beide zusammen unter, und Yasmin bekommt es mit der Angst, als Marko nicht gleich wieder an der Oberfläche erscheint.

Marko hat noch einmal tief Luft geholt, eh er sich von Sanftauge mit in die Tiefe ziehen ließ. Sie bewegen sich auf die Öffnung einer Höhle, in einer steil abfallenden Felswand zu. Wie sie in das schummerige Gewölbe gelangen, beginnt Marko bereits an Atemnot zu leiden. Als Sanftauge im Halbdunkel nach irgendwas zu suchen scheint, taucht er nun eilig auf, um endlich Luft zu holen. Yasmin ist hinab zum Ufer geeilt, und heilfroh, als Marko ganz in ihrer Nähe doch wieder auftaucht.

„Marko, du warst so lange unter Wasser! Ich dachte du würdest ertrinken!"

„Du brauchst wirklich keine Angst um mich zu haben, wenn ich im Wasser bin, und schon gar nicht, wenn Sanftauge bei mir ist."

Nun taucht auch Sanftauge wieder auf. Sie hält einen Schilfkolben zwischen ihren Lippen, schwimmt um Marko herum und taucht wieder in die Tiefe.

„Was hat Sanftauge denn in ihrem Mund gehabt?"

„Einen Schilfkolben, den ich ihr geschenkt habe. Sie hat mir gerade eine Unterwasserfelshöhle gezeigt, ich glaube, daß sie ihn dort aufbewahrt."

Als die beiden den Felsen hochklettern, kommt Sanftauge noch mal zum Ufer geschwommen, grüßt pfeifend und entschwindet wieder aufs Meer hinaus.

Oben angekommen, legen sich die Kinder nebeneinander ins Gras und schauen sich an.

„Ich freu mich ja so, dass du mitgekommen und sogar Sanftauge begegnet bist!"

„Und wie ich mich erst freue, daß du mich hierher mitgenommen hast! Und wie Sanftauge mich angeschaut und berührt hat! Und mit diesen Händen..."

Jasmin stützt sich auf ihre Ellenbogen, richtet ihren Oberkörper auf und betrachtet ihre Hände. „habe ich sein Gesicht gestreichelt! Ob er wohl noch mal wiederkommt?"

Und mit einem tiefen Seufzer fügt sie hinzu: „Wenn ich doch nur schwimmen könnte!"

Nun richtet sich auch Marko auf, wirft einen kurzen Blick auf ihre schlanke Gestalt und sagt: „ Soll ich dir noch ein Geheimnis verraten?"

Yasmin sagt nichts, sieht ihn nur verwundert an und wartet darauf daß er weiterspricht.

„Du kannst ja schwimmen und weißt es nur nicht, weil du es noch nicht versucht hast."

„Ist das wahr?"

Marko tippt ihr auf die Schulter und steht auf: „Komm mit, ich zeig es dir."

Yasmin folgt ihm in die Bucht. Dort nimmt er ihre Hand und führt sie ins Wasser, bis es ihr an den Bauch reicht. Dabei sieht sie zweifelnd auf die leicht bewegten Fluten um sich her und sagt:

„Aber ich kann wirklich nicht schwimmen!"

„Du brauchst ja auch nicht gleich loszuschwimmen, und vor allem musst du keine Angst haben. Jetzt hältst du einfach mal die Luft an, machst die Augen zu, tauchst den Kopf unter Wasser, zählst langsam bis zehn und kommst wieder hoch. "

Als Yasmin ihr Gesicht ins Wasser taucht, ist es dunkel um sie her, aber sie hört unwirkliche Laute; summend, malend, plätschernd, rollend von überall und nirgends her. Sie fühlt sich leicht und schwebend, bis ihre Brust sich in krampfartigen Wellen bewegt und sie auftaucht, um prustend Luft zu holen.

Hastig atmend streicht sie ihre triefenden Haare aus dem Gesicht, sieht Marko fröhlich lächelnd an und sagt: „Das war ja richtig schön, aber ich habe ganz vergessen zu zählen, ich mach das gleich noch mal."

„Du warst viel länger als bis zehn untergetaucht. Du brauchst gar nicht zu zählen, aber versuch doch mal die Augen im Wasser auf zu machen."

Wieder taucht Yasmin ihr Gesicht ins Wasser, dann öffnet sie ihre Augen. Es fühlt sich an, als ob feiner Staub über sie weht, der aber gleich darauf nicht mehr zu spüren ist. Und jetzt erblickt sie, ganz nah, den sandigen Grund auf dem sich ein Seestern von Sonnenflecken umspielt traumhaft langsam bewegt, und etwas weiter eine Schar kleiner Fische, die, wie auf ein heimliches Signal, plötzlich dahinjagen, reglos verweilen und in anderer Richtung erneut davonblitzen wobei ihre kleinen Leiber alle gleichzeitig im Sonnenlicht aufleuchten, eh sie sich im hellen Grün eines Tangwäldchens verlieren. Endlich hebt Yasmin ihren Kopf aus dem Wasser, holt einige Male tief Luft und sagt, noch ganz außer Atem:

„ Ich will endlich schwimmen, am liebsten unter Wasser, los, zeig mir wie das geht!"

„Du warst ja wirklich lange unter Wasser, hast du auch die Augen auf gehabt?"

„Ja, und ich hab soviel schönes gesehen; einen Seestern, und lauter kleine Fische!"

„Dann halt die Luft wieder an, leg dich lang ins Wasser, breite die Arme aus und lass dich einfach auf den Grund sinken."

Yasmin kann es gar nicht erwarten, legt sich in die Fluten, breitet ihre Arme aus und schwebt völlig schwerelos, ganz langsam auf den Grund zu. Doch ehe sie ihn erreicht beginnt sie mit den Armen zu rudern und merkt, daß sie sich über den Grund dahin bewegt.

Marko kann sie gerade noch erreichen, ehe sie ins tiefe Wasser gelangt, und hebt ihren Oberkörper hoch, so, daß sie auf ihren Füßen zu stehen kommt. Das Wasser geht ihr jetzt bis zur Brust. Marko nimmt sie an der Hand, zieht sie ins flache Wasser zurück und sagt: „Du bist ja schon etwas geschwommen, das geht ja noch schneller als ich dachte! Aber du darfst noch nicht ins tiefe Wasser. Jetzt geh ich mal da vorne hin, und du versuchst zu mir zu schwimmen."

Als Yasmin unter Wasser ihre Augen öffnet, sieht sie Markos Füße und hält auf sie zu. Doch eh sie ihn erreicht, hebt sich ihr Kopf aus den Fluten wobei ihre Füße den Grund berühren. Unwillkürlich zieht sie ihre Beine hoch und fühlt, wie die Bewegungen ihrer Arme sie zu tragen beginnen, so daß ihre Zehenspitzen den Grund nur manchmal noch leicht berühren.

Als Yasmin endlich wieder auf ihren Füssen steht, sagt Marko zu ihr: „Das wird ja immer besser. Wenn du auch noch die Beine bewegst, kannst du bald richtig schwimmen. Ich zeig dir jetzt, wie das geht."
Marko legt sich ins Wasser, und beginnt langsam um Yasmin herum zu schwimmen, wobei sie ihn aufmerksam beobachtet.
Dann stellt er sich neben sie und sagt: „Leg dich wieder lang ins Wasser. Ich halte dich während du versuchst Arme und Beine so zu bewegen wie ich es dir vorgemacht habe."
Bereitwillig legt sich Yasmin in die leicht bewegten Fluten. Als Marko seine Hände an die Seiten ihrer Brust legt beginnt sie mit Armen und Beinen zu rudern und erlebt, wie sie sich, von seinen Händen nur leicht gestützt, langsam fortbewegt.
Nun läßt Marko sie los und sagt: „Schwimm einfach weiter in die Bucht!"
So unvermittelt auf sich gestellt versucht Yasmin die Ruhe zu bewahren, und es gelingt ihr tatsächlich ihren Kopf über Wasser zu halten und in die Bucht zu schwimmen; wo sie erschöpft und glücklich im flachen Wasser liegen bleibt.
„Ich kann schwimmen!" ruft sie begeistert, gräbt ihre Hände in den weichen Sand, breitet ihre Arme aus, dreht sich auf ihren Rücken und schaut in den Himmel, schließt die Augen, fühlt wie leichte Wellen von den Füssen hoch über ihren Körper spülen und träumt davon zu schwimmen, weit ins Meer hinaus zu schwimmen …

Unbemerkt hat sich der Himmel über dem Meer verfinstert. Wolkenschleier ziehen über die Sonne. Ihr Licht verblasst, bis sie, als immer matter leuchtende Scheibe, in grauen Wolken ganz vergeht.
„Yasmin", sagt Marko. „sieh dir den Himmel an, da braut sich was zusammen. Komm, wir laufen einmal um die Insel, dann sind wir gleich trocken und können uns schon mal anziehen."
Als sie das kleine Tal erreichen, fragt Yasmin: „Wollen wir hierher zurück kommen und uns alles ansehen, wenn wir uns angezogen haben?"
„Ja, hier finden wir vielleicht auch Schutz vor dem Gewitter, lass uns schnell zur Bucht laufen."

Als sie dort ankommen hören sie ein Rauschen im Schilf, und fühlen einen kühlen Wind auf ihren bloßen Körpern, der sich gleich wieder legt und eine unheimliche Stille hinterlässt. In dem fernen Dunkel, das aus dem Meer zu steigen scheint, zuckt unruhiges Leuchten. Kaum hörbar rollt dumpfes Grummeln durch die Stille, über der dunkle Wolken langsam näher kommen.
Eilig kleiden die beiden sich an und gehen ins Tal zurück.

An der Felswand, nahe der Kiefer, wächst ein großes Oleandergebüsch. Sein dichtes Blätterdach reicht bis zum Boden herab. Als sie darauf zugehen naht vom Meer her ein seltsames Rauschen – dann braust eine Windbö durch das Tal, aus der vereinzelt große Regentropfen fallen.

Schnell klettern die Kinder unter das Blätterdach des Oleanders, und lassen sich, hoch oben unter einem Kronenblätterschirm, auf schwankenden Ästen nieder.

Wieder nähert sich vom Meer her ein Brausen, fährt in den Oleander, schaukelt die Beiden auf ihren Ästen und weht an der Felswand, hängende Pflanzen hoch.

Yasmin hat es erblickt; „Marko, hinter den Pflanzen dort hab ich ein großes dunkles Loch gesehn! Sollte da vielleicht eine Höhle sein? laß uns doch gleich mal nachschauen!"

Als die Kinder einige der Pflanzen zur Seite halten erblicken sie tatsächlich den Eingang zu einer Höhle, der in den Felsen führt.

Vom sandigen Boden steigen Wände in bizarren Formen zur Decke auf. Zögernd folgt Yasmin Marko einige Schritte in das schummrige Innere. Dann bleibt sie stehen und sagt: „Mich gruselt hier, wollen wir nicht lieber wieder rausgehen?"

„ Mich gruselt auch ein bißchen, aber ich glaube das hört auf, wenn wir uns an die Dunkelheit gewöhnt haben. Du kannst ja am Eingang bleiben, ich geh mal rein."

„Sei aber vorsichtig und geh nicht so weit, daß ich dich nicht mehr sehen kann!"

Vorsichtig tastet sich Marko weiter in die Höhle, deren Ende er bald erreicht. Inzwischen haben sich seine Augen an die Dunkelheit gewöhnt, so daß er nun alles um sich her erkennen kann.

„Yasmin, die Höhle ist hier schon zu Ende, du kannst ruhig herkommen."

Zögernd geht Yasmin auf ihn zu, betastet die Felswand, erfühlt den weichen Sand unter ihren bloßen Füßen und sagt: „Wenn ich jetzt allein wäre, würde ich mich wohl noch gruseln, aber mit dir ist es fast schon gemütlich hier."

Unvermittelt dringt heftiges Rauschen vom Eingang her in die dämmerige Stille.

„Marko, was ist das wohl?"

„Es hört sich wie Regen an, oder Wind, ich seh mal nach."

Yasmin folgt ihm zum Eingang. Als sie die hängenden Pflanzen dort zur Seite biegen fährt ein Wind in ihre Gesichter der durch die wild gestikulierenden Zweige der Kiefer heult, und graue Regenschleier vor sich her treibt. Grell flammt es jetzt auf, und ein mächtiger Donnerschlag peitscht durch das Tal, das gleich darauf wieder im Regengrau untergeht. Aus dem der Blitze Widerschein jäh aufleuchtet, deren grollende Stimmen zu ihnen herüber hallen. Gebannt schauen sie eine Weile in das wilde Tosen. Dann fragt Yasmin: „Ob es wohl lange dauert, bis das Gewitter vorbei ist?"

„Wir müssen einfach abwarten. Ich finde es aber schön, mit dir jetzt hier zu sein. Komm, wir setzen uns und warten bis es vorbei ist."

Als sie sich im weichen Sand niedergelassen, und dem Heulen des Windes, dem Prasseln und Plätschern des Regens und dem Donnergrollen eine Weile gelauscht haben, sagt Yasmin, ohne den Blick von den hängenden Pflanzen zu wenden: „Jetzt ist es richtig gemütlich hier – ich weiß gar nicht mehr wovor ich eben noch Angst hatte." und mit fast flüsternder Stimme fügt sie hinzu, wobei sie Marko mit leicht besorgter Miene anschaut: „Glaubst du, daß es hier vielleicht böse Geister gibt?"

„Hier sind ganz gewiss keine bösen Geister. Mo meint, daß böse Geister nur in den Herzen böser Menschen wohnen.
Er hat mir auch von einem großen Dorf erzählt. Dort soll ein mächtiger Hexer sein Unwesen treiben. In seinem Herzen sollen mehr böse Geister wohnen, als ein Hirte Schafe hat.
Der hext Menschen seine Geister an. Dann schickt er sie in alle Welt, wo sie andere Menschen verhexen sollen. Viele, die sich nicht verhexen lassen, werden dafür bei lebendigem Leibe verbrannt.
Der Mann der Kirche soll auch bei diesem Hexer gewesen sein. Ich selbst habe böse Geister in seinen Augen gesehen und aus seinem Mund sprechen gehört. Hier auf unserer Insel gibt es aber bestimmt keine bösen Geister, und ich glaube, daß wir hier sogar einem guten Geist begegnet sind: unserem Freund, dem Delphin."

Indem sie gebannt zuhört, wird Yasmins Miene immer besorgter, bis sie mit ängstlicher Stimme fragt: „Glaubst du, daß der Kirchenmann schon alle im Dorf verhext hat?"

Während Marko erzählte, war es draußen vor der Höhle ruhiger geworden. Verhalten dringt nur noch fernes Donnergrollen durch das eintönige Rauschen des Regens, als er sagt: „Mo glaubt das, ja. Aber Großmutter hat er bestimmt nicht gemeint. Und doch, wenn ich daran denke ..."

Marko beugt sich vor, legt seine Hände auf die Hüfte und starrt durch die hängenden Pflanzen in den Regen: „Wenn ich daran denke, was sie über Sanftauge gesagt hat, und über mein Erlebnis mit dem Baum ... sprach da nicht doch der Mann der Kirche aus ihrem Mund? Sind es nicht böse Geister, vielleicht ja nur ganz kleine, die machen, daß sie nicht die Wahrheit sagt?! Auch in meiner lieben Großmutter können ja vielleicht kleine Geister wohnen, die nicht direkt böse, aber doch sehr hässlich sind.

Bestimmt werde ich ihr nie wieder von Sanftauge erzählen, und von Bäumen und ... wobei er sich Yasmin zuwendet, nie im Leben von dir ..."

Über Yasmins Augen huscht dunkles Flackern, als sie sagt: „Marko, mich gruselt schon wieder, sag doch, was hat Großmutter bloß über Sanftauge gesagt, und über die Bäume?"

„Als ich ihr von Sanftauge erzählte, fürchtete sie, er sei der Teufel in Delphingestalt." Yasmins Augen blitzen zornig auf: „Sanftauge ein Teufel? Ist sie denn von allen guten Geistern verlassen?!"

„Ach nein, bestimmt nicht von allen, und ich habe Großmutter trotzdem sehr lieb. Aber gerade deswegen bin ich manchmal sehr traurig, wenn ich ihr so gerne etwas erzählen würde, und ich es dann doch nicht kann, weil sich mein Herz vor ihr verstecken will.
Ich kann ihr nicht mehr alles anvertrauen. Auch von meinem Erlebnis mit dem Baum hätte ich ihr lieber nichts sagen sollen."

„Ja, der Baum, erzähl mir doch von deinem Erlebnis mit dem Baum!"

„Oh, wie soll ich dir denn das erzählen; eigentlich weiß ich selbst nicht was der Baum da mit mir gemacht hat.
Als ich aber versuchte Großmutter davon zu erzählen, sagte sie, der Kirchenmann hätte so etwas verboten, weil es hässlich und eine Sünde sei. Das ist aber nicht wahr. Es war weder hässlich noch eine Sünde, es war nur sehr geheim. Und schön."

„Ich versteh das nicht, was hat der Baum denn nur mit dir gemacht?"

„Ja, das war die Kiefer da draußen. Ich bin ja schon so oft auf Bäume geklettert; als ich aber an der Kiefer hoch geklettert bin, war es ganz anders: plötzlich hatte ich Gefühle im Leib und weiter unten, in dem, was bei dir nicht da ist. Dabei wurde das da unten größer als sonst, und die Gefühle wurden immer schöner, und als sie am schönsten waren, wurde es ganz feucht. Als ich endlich im Wipfel der Kiefer war, habe ich mich da unten gestreichelt und es wurde wieder so, nur noch schöner, aber was das eigentlich war, weiß ich immer noch nicht."

Yasmin sieht Marko verwundert an: „Daß du auch so was erlebt hast, obwohl du da unten ganz anders bist als ich!"

„Du hast auch so was erleb?!"

„Ja, schon öfter, aber ohne Baum."

Er sieht Yasmin ungläubig an: „Ohne Baum? wie kam das denn bei Dir?"

„Es war an einem Abend, als ich nicht einschlafen konnte, und meine Hand da unten war, und ein Finger in meinem Spalt was suchte. Er entdeckte dort eine kleine Knospe, und es war, als ob da ein Gänseblümchen wächst, oder eine Erdbeere. Dann war es, als ob ein Regenbogen aus meinem Finger in meinen Leib leuchtet, mit wunderschönen Farben und Gefühlen. Wenn ich nur daran denke, wird es schon wieder schön da unten."

Marko ist nachdenklich geworden: „Bei mir war es ganz anders; ohne Gänseblümchen und Erdbeeren, nur wie ein Regenbogen war es vielleicht auch und geduftet hat es nachher wie Blumen, wie Lindenblüten. Bei mir passen da ja auch keine Blumen rein, schade, das hätte ich auch so gern erlebt."

Jetzt sieht Yasmin ihn mit verheißungsvollem Lächeln an, lüftet das Kleid ein wenig und legt ihre Hand zwischen ihre Beine.
„Marko, es wachsen wieder Blumen", und indem sie ihre Hand von dem kleinen Hügel nimmt und ihr Kleid hochhält: „streichle du mich mal, dann kannst du die Blumen fühlen, fühl mal selbst!"
„Meinst du?"
„Ja, komm, eh die Blumen schon wieder verblühen!"
Als sich seine Hand zögerlich zwischen ihre Beine tastet, sagt sie unvermittelt: „Nein!", dreht sich zur Seite und legt sich lachend auf den Bauch. „Marko, ich bin ja so kitzelig, und es kam so plötzlich. Die Blumen haben sich so erschrocken daß sie nun erstmal verwelkt sind. Aber sie kommen bestimmt gleich wieder."

Sie sind wiedergekommen. Die Blumen. Und erblüht sind sie im Licht der Zärtlichkeiten … ganz vorsichtig … und wunderschön …

Lange sehen die Kinder einander an. Dann umarmen sie sich und legen sich dicht aneinandergeschmiegt in den weichen Sand.

So liegen sie mit geschlossenen Augen, bis Yasmin vor Marko hinkniet und ihn verträumt anschaut: „Glaubst du auch, daß wir eben einen Augenblick gestorben waren, und die ganze Zeit wieder in jener anderen Welt?"
„Yasmin", sagt Marko, und legt seine Hände an ihr Gesicht. „du bist wirklich noch da – und ich dachte schon, ich hätte alles nur geträumt."

Yasmin sieht ihn an, drückt seine Hände an ihr Gesicht und sagt: „Ich bin so glücklich, daß es weh tut, ich weiß gar nicht mehr, ob ich es überhaupt noch bin."
Sie lehnt sich zurück, stützt ihre Hände in den Sand und blickt in das Gewölbe der Höhle hoch: „Erst sind wir im Boot zu deiner Insel gefahren, dann kam Sanftauge zu uns, und es war wie in einer anderen Welt, und dann bin ich geschwommen,

und es war wieder eine andere, traumhafte Welt, dann entdeckten wir unsere Höhle und haben so geheimnisvolle Blumen gefunden, Blumen aus einer anderen Welt."

Wie eine unwirkliche Erscheinung sieht sie aus, vor dem Sonnenlicht, das in den Eingang fällt, ihren Körper umstrahlt und in ihren aufgelöst herabfallenden Haaren leuchtet.
„Yasmin, glaubst du, daß uns die Blumen verzaubert haben? Es ist alles so unwirklich schön, und ich wünsche mir so sehr, daß unser Traum niemals vergeht. Ob wohl alles ganz anders ist, wenn wir aus unserer Höhle gehen? In die wirkliche Welt da draußen?"
Yasmin lächelt glücklich, als sie sagt: „Vielleicht ist unser Traum ja noch viel wahrer als die Wirklichkeit – wolln wir mal in die Welt da draußen, nachsehn gehn?"

Als sie aus dem Eingang in den Oleander klettern, tröpfelt es von den Blättern auf sie herab. Dann stehen sie im Freien.
„Marko, das Gewitter hat die Insel ja auch verzaubert. Aus deinem Baum leuchten bunte Sternchen, und in der Felswand glitzert es, und überall. Guck mal, die blaue Blume dort hat ihren Kelch wohl gerade erst geöffnet. Ob es für die Insel wohl auch so schön ist, wie für uns, wenn Blumen aus ihr wachsen?"

Sachte kniet Yasmin sich vor die Blume hin, legt ihre Hände neben sie auf den Boden und schließt die Augen.
„Marko, meine Hände fühlen die Insel; sie klingt in meine Finger, es ist wie Raunen, wenn der Wind in den Bäumen singt, wie das Klingen eines Baches, der über Felsen springt. Ich glaube die Insel fühlt auch, wie Blumen aus ihr wachsen, und all die Pflanzen, wie das Meer sie umspült und wie unsere Füße sie berühren, wenn wir auf ihr gehn."
Sachte neigt sie ihr Gesicht der Blüte zu, schließt die Augen und taucht ihre Nase behutsam in den kleinen Kelch. Ihre zarten Nasenflügel vibrieren leicht als sie den Duft der Blume atmet. Dann sieht sie zu Marko auf: „Deine Insel ist so schön, daß ich am liebsten immer hier bleiben möchte. Könnten wir nicht einfach in unserer Höhle wohnen und von Beeren und Nüssen und Wurzeln leben?"
„Würdest du wirklich mit mir hier auf der Insel bleiben?"
„Am liebsten ja!" und indem sie aufsteht, und mit leicht gesenktem Kopf zur Seite sieht: „Aber mein Onkel, bei dem ich wohne, würde es mir verbieten. Er darf ja nicht einmal wissen, daß wir Freunde sind. Er mag keine Jungen."

„Dann müssen wir alles, was wir zusammen machen, geheim halten. Ich vertraue niemandem mehr, nur dir und Mo. Wollen wir Mo mal besuchen?!"

*

Als Marko das Boot in der Bucht unterhalb von Mos Häuschen festmacht, steht die Sonne schon tief über dem Meer. Mo, der wie immer zu dieser Stunde auf seiner Bank neben der Haustür sitzt, und aufs Meer schaut, hat das näherkommende Boot schon eine Weile beobachtet, und freut sich darauf Yasmin und Marko wiederzusehen.

Endlich erscheinen sie unten auf der Wiese, zwischen den Obstbäumen, und eilen zu Mo hoch. Seine Augen leuchten als er sagt: „Daß ihr nun beide kommt! Was ist das für ein schöner Tag! Kommt, setzt euch zu mir und erzählt, wie ist es euch ergangen!?"
Yasmin setzt sich neben ihn und Marko sagt: „Mo, es war heute so schön, daß wir zu dir mußten, um dir alles zu erzählen. Hast du noch etwas Brot für uns?"
„Ja, und Käse ist auch da. Mach uns allen eine große Scheibe Käsebrot, und bring Äpfel mit und einen Krug Wasser."
Mo wendet sich Yasmin zu, sieht sie groß an, wie um sich zu vergewissern daß sie auch wirklich da ist, und sagt: „Gestern haben Marko und ich noch von dir gesprochen, und nun bist du hier – und siehst so glücklich aus. Ihr habt mir sicher viel zu erzählen."

„ Ja, Mo, soooo viel, was wir niemandem sonst – nur dir – erzählen wollen."
Als Marko aus dem Haus kommt, balanciert er auf der einen Hand drei große Scheiben Käsebrot, mit der anderen hält er den Wasserkrug gegen seine Brust, von dem sich zur Armbeuge hin die Äpfel reihen. „Hier, nehmt mir die Äpfel ab – eh sie runterfallen."
Mo nimmt Marko die Äpfel ab, Yasmin ein Brot in jede Hand und tauscht mit Mo eine Scheibe gegen einen Apfel. Den Krug stellt Marko vor die Bank auf den Boden, lässt sich von Mo seinen Apfel geben und setzt sich endlich auch neben ihn.

Das Brot hat Mo selbst gebacken, und es ist schon ein paar Tage alt. Aber es schmeckt köstlich würzig, wie auch der weiche Käse, den Mo aus der Milch seiner Ziege bereitet hat, die – während die drei ihr Brot genießen – hangaufwärts zwischen den Felsen Gras und Kräuter rupft.

Als die Brote verzehrt, der Krug geleert und von den Äpfeln nur noch die Stengel übrig sind, sagt Mo: „Nun erzählt mal, was ihr erlebt habt!"

Yasmin sieht Mo begeistert an: „Marko hat mich heute zum ersten Mal auf seine Insel mitgenommen, und da kam Sanftauge zu uns, und ich hab dann Schwimmen gelernt und wir haben eine Höhle entdeckt, und alles war so schön wie nie!"

Als sie dann endlich Luft geholt hat: „Am schönsten war es", dabei hält sie ihre nach oben geöffneten Hände vor Mos Gesicht. „als ich Sanftauge mit diesen Händen gestreichelt habe!" und indem sie ihre Handflächen nach unten wendet, sie neben sich wie über eine Wasserfläche hält. „und als ich mit Marko im Wasser war, und …" wobei sie mit großen Augen über das Meer schaut. „als wir etwas gestorben waren, und in einer anderen Welt."

Mo hat ihren Worten gelauscht, aber mehr noch haben ihm ihr Gesicht und ihre Augen erzählt. Schön und geheimnisvoll war die stille Botschaft, die ihn so erreichte. Ihre letzten Worte jedoch, waren ihm ein Rätsel. Sollten sie im Wasser verunglückt und fast ertrunken sein? Nein, gewiss nicht! Aber was war es denn dann, mit dem Sterben, und jener anderen Welt?

Als Yasmin noch träumend über das Meer schaut, sagt Marko gedankenverloren, wie zu sich selbst: „Wir sind ja nicht wirklich gestorben, aber wir waren auch nicht mehr wirklich in dieser Welt." und indem er sich seinem alten Freund zuwendet: „Mo, wir haben so viel erlebt, was wir nicht verstehen können, und auch das mit jener anderen Welt."

„Was ist es denn, was ihr nicht verstehen könnt?"

„Das ist eine lange Geschichte, und die fing an, als ich mit Yasmin abends am Strand war. Wir haben daran gedacht, wie es wohl ist, wenn wir gestorben sind, und in jener anderen Welt. Als wir uns dann lange in die Augen geschaut haben, war es plötzlich so, als ob wir etwas gestorben sind und in einer verwunschenen Welt."

Über Mos Gesicht strahlt ein inniges Lächeln: „Was habt ihr für ein Glück Kinder, daß ihr so etwas erleben dürft. Ich glaube, das ist, wenn man sich sehr gern hat und einander in die Seele schaut."

„Ja Mo, so war es auch. Aber dann war da noch das Erlebnis mit dem Baum, und in der Höhle."

Mo hört aufmerksam zu, auch wenn es manchmal so aussieht als ob sich seine Gedanken in die Ferne verirrten, dorthin, wo der Himmel das Meer berührt.

Als Marko zu Ende erzählt hat, bleibt Mo noch eine Weile in seine Gedanken versunken, bis er erst Yasmin, dann Marko ansieht und sagt: „Das mit dem Baum hab ich ganz anders erlebt als du. Ich wachte nachts aus einem schlechten Traum auf und war ganz feucht, und glaubte ich wäre krank. Oft, wenn ich nicht einschlafen konnte, habe ich mich dann da unten gestreichelt bis es nass wurde und es war irgendwie schön, aber auch hässlich, weil ich immer ein schlechtes Gewissen dabei hatte, weil der Mann der Kirche sagte, daß es krank mache und eine Sünde sei.
Daß der Mann der Kirche gelogen hat, habe ich erst viel später erfahren, als ich etwas erlebte, das ein bißchen so war wie das, was ihr miteinander in der Höhle erlebt habt.
Damals hatte ich mit Frauen nichts im Sinn. Irgendwie hatte ich Angst vor ihnen, sie waren so unergründlich und ich konnte ihnen nicht vertrauen. Dann sah ich in Magdalenas Augen, und die waren ganz anders, und sie sah mir in die Augen und wir waren uns gleich ganz nah.
Auch wir sind damals ans Ufer des Meeres gegangen und hatten das Gefühl daß wir schon immer Freunde waren. Dabei waren wir beide sehr schüchtern, so daß es lange dauerte, bis wir einander berührten und uns langsam immer näher kamen.

Wortlos haben die beiden Kinder Mos Erzählung gelauscht, dann sagt Marko zu ihm: „Wie konnte Großmutter nur sagen, daß es eklig und eine Sünde ist, wenn Männer das mit ihren Frauen machen?!"
Mo sieht Yasmin und Marko beschwörend an, als er antwortet: „Ihr habt etwas gefunden Kinder, in eurer Höhle, einen Schatz, den kein menschliches Wesen dort vergraben hat, der ein Geschenk ist von weit, weit her und nicht aus dieser trostlosen Menschenwelt.
Ich sage euch, Kinder, ihr habt an diesem einen Tag so viel Glück erlebt, wie die meisten Menschen in ihrem ganzen Leben nicht. Bewahrt euch eure Wunderwelt und lasst sie nicht von dem Geschwätz der Leute zerstören. Magdalena und ich haben uns damals inmitten der Menschen gefühlt, wie eine blühende Insel in einem toten Meer.
Großmutter hat schon recht, wenn sie sagt, daß es ekelig ist, wenn Männer das mit Frauen machen, denn für gewöhnlich ist es ja auch so. Da ist keine Ehrfurcht, keine Liebe und keine Zärtlichkeit.
So wie die Hunde an jeden Baum pinkeln, stecken die meisten Männer ihre Prügel in jedes Loch. Manche stecken sie Schafen oder Ziegen hinten rein, oder gehn ins Wirtshaus,

wo die dicke Anna für einen Schoppen Wein oder ein Schinkenbrot mit ihnen hinters Haus geht, ihren Rock hebt und ihnen ihre breiten Backen bietet. Pralle Busen und feiste Hintern machen die meisten Männer verrückt.

Bei den Eheleuten ist es auch nicht viel anders. Abend für Abend hält die Frau dem Glied des Mannes ihren Hintern hin, damit er seinen Saft wie in eine Latrine in sie ablassen kann. Die bekommt jedoch weder Wein noch Brot dafür, nur ein zufriedenes Grunzen, das bald in eintöniges Schnarchen übergeht. Denn Kinder kriegen soll die Frau, und arbeiten, und ihrem Mann ergeben und zu Diensten sein. Nein Kinder, wir passen nicht in diese Männerwelt."

Marko löst seinen Blick von Mos Gesicht, schaut hinüber zum Dorf, und sagt: „Am liebsten würde ich gar nicht mehr ins Dorf zurück." und mit einem Seufzer fügt er hinzu: „Aber ich kann ja Großmutter nicht allein lassen."

Yasmin rümpft ihre Nase, als sie sagt: „Wenn ich nur daran denke, daß ich nachher wieder bei meinem Onkel sein muß! nach einem so schönen Tag!" und mit einem Leuchten in ihren Augen, als sie Marko ansieht: „Wollen wir morgen wieder zu unserer Insel fahren, und dann zu Mo?"

*

Auf dem Weg zurück zu ihrer Familie schwimmt Sanftauge über das Wrack, das in ihr immer wieder unheimliche Gefühle weckt. Gespenstisch still ruht es, tief unter ihr, auf dem Meeresgrund.

Wie kommt es nur, daß diese Menschenspuren so dumpfe Gefühle wecken? Dabei ist sie so erfüllt von Freude, wenn sie an Yasmin und Sprechende Augen denkt, daß Sehnsucht in ihr aufsteigt und der Wunsch, wieder bei ihnen zu sein. Gewiss, sie sehen schon ganz anders aus, die Knochengestalten da unten, als ihre Menschenfreunde, aber irgendwie ahnt sie, daß es da eine seltsame Verbindung gibt.

Je weiter Sanftauge sich von Sprechende Augens Insel entfernt, umso größer wird ihr Verlangen, wieder zu ihr zurückzuschwimmen. Doch die Rufe ihrer Gefährten kommen schon näher, und bald sieht sie Stimme und all die anderen, die sie begrüßend umkreisen.

*

Lange hat Marko vergeblich auf Yasmin gewartet bis er endlich, am späten Nachmittag, traurig und allein zur Insel fährt. Er hatte sich so darauf gefreut, mit ihr wieder dorthin zu rudern. Wehmut überkommt ihn, als er mit kraftlosen Ruderzügen langsam auf seine Insel zuhält. Da hallt freudiges Pfeifen durch die Stille, als Sanftauge aus dem Wasser schnellt, ihm einen kurzen Blick zuwirft, wieder in die Wellen taucht, ihren Kopf neben ihm aus dem Wasser hebt, und ihn aufgeregt schwatzend in die Bucht begleitet.

Wenn ich nur verstehen würde, was sie sagt! geht es Marko durch den Sinn. Und dann – als er auf sie zu ins Wasser geht, und sie ihn auf die gleiche Weise berührt wie gestern Yasmin: erst stupst sie ihn an seine Brust, dann an seine Füße, Beine und Bauch – ist ihm, als ob sie damit sagen will: „Yasmin?"

Nun legt Marko seine Hände seitlich an Sanftauges Kopf, sieht sie betrübt an und sagt: „Sanftauge, Yasmin ist nicht mitgekommen, und ich weiß nicht warum."

Mit einmal ist ihm, als wenn Sanftauge, die ihn nur stumm ansieht, dennoch zu ihm spricht.

Ihr Gesicht und das Wasser lösen sich auf in einen Nebel, in dessen wehendem Grau die vagen Umrisse einer kauernden Gestalt langsam sichtbar werden. Die Arme um ihre Beine geschlungen, den Kopf auf die Knie gelegt, hockt sie reglos wie von einem Kokon aus Traurigkeit umhüllt. Als Sanftauge ihren Kopf etwas bewegt, verblasst die geheimnisvolle Erscheinung, und wie um sie zurückzurufen, flüstert Marko ihr zu: „Yasmin, was ist dir?" Und als ob sie ihm aus der Ferne antwortet, erscheint ihm die Schattengestalt eines Mannes, der eine Tür zuschlägt, und verriegelt. Erst nur Ahnung, wird es ihm schnell zur Gewissheit: Ihr Onkel hat Yasmin eingesperrt …

Wirre Bilder umflattern Marko wie Fledermäuse in der Dämmerung; Gewalt in der Stimme, Gewalt im Blick stößt der Schattenmann sie in ihre Kammer. „Da bleibst du, freche Göre, solange ich will! Den ganzen Tag weg bis in die Nacht! Du bleibst da drin, bis du mir sagst, was du getrieben hast, und mit wem! und wenn ich es aus dir rausprügeln muss!" …

Hat all das Sanftauge ihm gesagt? Anfangs glaubte Marko, sie sprechen zu hören. Es war, als wenn sie ihm Yasmins Botschaft übermittelte. Aber die letzten Bilder passen so gar nicht in Sanftauges Gesicht, das er immer noch in seinen Händen hält.

„Nein", versucht er sich zu beruhigen. „meine Phantasie hat mir einen Streich gespielt – niemand würde Yasmin so behandeln, so mit ihr reden, niemand!"

Daß Yasmin erst Sanftauge und dann auch ihm ganz nah war, daß ihre Gedanken sie erreichten, erlebte er, und wußte es, und konnte es doch nicht glauben.

Als bösen Spuk, versucht er die Schreckensbilder aus seinem Herzen zu vertreiben. Doch wie die kaum sichtbaren Fäden eines Spinnennetzes sich an die zarten Flügel eines Schmetterlings mit jedem Flügelschlag fester heften, und die erst kraftvollen Bewegungen in ein ängstliches Zittern übergehen, umweben ihn die traurigen Gedanken um Yasmin immer enger. Fragend sieht er Sanftauge an, die seinen Blick erwidert; und er glaubt in ihren Augen zu lesen: „Yasmin ist doch bei uns. Mach dir keine Sorgen. Es wird alles gut."
Dann stupst sie ihn an die Brust, wendet sich dem offenen Wasser zu, schwimmt eine kleine Strecke und ruft: „Komm!"

Als Marko Sanftauge erreicht, und seinen Arm um sie legt, beginnt sie, langsam schwimmend, nahe dem Ufer, die Insel zu umkreisen.
Es wird eine endlose Reise, auf der Gedanken und Bilder ihn umfließen – wie die kleinen sonnenlichtfunkelnden Wellen die sich vor ihnen teilen und hinter ihnen wieder vereinen.
Sanftauge ist zu mir gekommen, hat mir von Yasmin erzählt und mich eingeladen mit ihr zu schwimmen. Alles um uns her bewegt sich: das Wasser, die Insel, kleine weiße Wolkentupfer am Himmel und über uns die Möwen.
Doch Sanftauge bleibt bei mir in ihrer ruhigen Kraft und Nähe. Gestern noch war ich Yasmin ganz nah, ähnlich wie Sanftauge jetzt, und doch ganz anders.
Wo ist Gestern nur geblieben? Von der Zeit verweht wie eine Wolke am Himmel? Wo kommt die Zeit nur her? Aus der weiten Tiefe des Meeres? Wird sie zurückkommen? Wird Yasmin wieder bei uns sein?
Mit diesem Gedanken beugt er sich vor zu Sanftauges Gesicht: „Sanftauge, glaubst du, daß Yasmin nochmal wiederkommt?"
Sanftauge wendet sich Marko zu und sieht ihn an. Ihr sanfter Blick tröstet ihn, gibt ihm Hoffnung und weckt in ihm den Wunsch bei Mo zu sein.
„Ich möchte mit dir meinen Freund Mo besuchen, bringst du mich zu ihm, wenn ich dir den Weg zeige?"
Sanftauge schwenkt ihren schlanken Kopf hin und her, als halte sie Ausschau nach der Richtung, die sie einschlagen wollen.

Und dann, als erkenne sie den Weg, schwimmt sie mit ihm auf die Durchfahrt zwischen den Inseln, und die Küste zu.

Viel schneller geht es durch die rauschenden Fluten dahin als mit dem schwerfälligen Ruderboot. Es dauert nicht lange, bis sie das Ufer unterhalb von Mos Häuschen erreichen. Marko weist mit der Hand dorthin und sagt: „Da oben wohnt Mo, mein Freund. Ich geh jetzt rauf ihn holen, wartest du hier auf uns?"
Bei den letzten Worten hat er Sanftauge angesehen und ihr Gesicht gestreichelt, wie um sich zu vergewissern, daß sie ihn verstanden hat, und wundert sich gar nicht mehr darüber, daß sie irgendwie versteht, was er ihr sagen will.
Als Marko bei Mo anklopft und die Tür öffnet, wundert sich Mo, daß sein Freund nackt und mit nassen Haaren vor ihm steht.
„Bist du gerade dem Meer entstiegen?" fragt er scherzend. „Wie kommst du denn so hierher?"
„Ja, wir sind von der Insel her. Sanftauge hat mich gebracht, sie wartet unten auf uns, kommst du gleich mit runter zum Wasser?"
„Sanftauge hat dich wirklich hergebracht, und wartet auf uns? Und ich darf sie sehen?"
„Ja, komm, wir wollen sie nicht warten lassen!"

Auf dem Weg zum Meer hinunter fragt Mo: „Habt ihr Yasmin denn auf der Insel gelassen?"
„Sie ist gar nicht gekommen, aber das erzähl ich dir unten."

Als sie das Ufer erreichen, ist Sanftauge nicht zu sehen.

„Sie ist bestimmt gleich wieder da." ist sich Marko sicher. „Setzen wir uns hier auf den großen Stein, ich erzähl dir derweil, was mit Yasmin geschehen ist."
Besorgt fragt Mo: „Ihr ist doch wohl nichts zugestoßen?"

„Ich habe lange auf Yasmin gewartet, doch vergeblich. Erst wusste ich nicht, warum sie nicht gekommen ist. Als ich dann bei Sanftauge war, wurde es ganz geheimnisvoll, richtig unheimlich."
„Sprich weiter, Junge, was ist mit Yasmin!?"
„Erst, glaube ich, hat sie mit Sanftauge gesprochen, und Sanftauge hat es mir erzählt"
„Aber war sie denn doch da?"
„Nein, war sie nicht, hat aber mit Sanftauge geträumt, und die hat mir Yasmins Traum geträumt. So war es, glaube ich.
Da hab ich Traumbilder gesehen, ihr Onkel hat sie eingesperrt, dann habe ich ihn selbst sprechen gehört.

Er will sie schlagen, wenn sie ihm nicht sagt, wo sie gestern gewesen ist. Mo, ich hab solche Angst um Yasmin!"
„Das hört sich ja unheimlich an. Vielleicht hat Yasmin euch wirklich eine Nachricht geschickt."
„Mo, was soll ich bloß machen?!"
„Ich glaub da kannst du jetzt gar nichts tun, Junge. Wenn Yasmin wirklich eingesperrt ist, wird sie sicher fliehen, sobald sie kann, und zu dir kommen oder zu mir und wir müssen überlegen, was wir dann machen.

Pfeifend und knarrend hebt sich Sanftauge aus den Wellen, hängt, in der Sonne glitzernd, auf ihre rudernde Schwanzflosse gestützt senkrecht über den Fluten und schaut zu den beiden rüber.
„Sanftauge, unser Freund Mo ist hier, wir kommen!" Und indem Marko ins Wasser und auf sie zugeht, wendet er sich an Mo: „Zieh dich aus und komm!"
Mo, der sich von dem Stein erhoben hat, und Sanftauge mit ungläubiger Freude betrachtet, zieht sich zögernd aus. Dann geht er ins Wasser, bis es ihm an den Bauch reicht.
Marko hat seinen Arm um Sanftauges Rücken gelegt, die nun mit ihm auf Mo zuschwimmt. Als sie Mo erst aufmerksam ansieht, dann mit ihren Lippen stupst und betastet und sich von ihm streicheln läßt, fühlt auch er, wie ihn eine wundersame Wärme durchrieselt. Dabei läßt sie sich langsam absinken um mit einer plötzlichen Bewegung wie eine flüchtige Erscheinung zu entschwinden. Doch gleich darauf taucht sie viele Körperlängen entfernt wieder auf und ruft Marko pfeifend zu.
„Mo, Sanftauge ruft mich, ich soll kommen, sie will zurück zur Insel. Ich komm nachher mit dem Boot wieder."
Als Marko Sanftauge erreicht und er seinen Arm um sie legt, jagt das Paar so schnell davon, daß Mo sie als immer kleiner werdendes Pünktchen bald aus den Augen verliert.

Als Marko wieder unter den Obstbäumen erscheint, erwartet ihn sein alter Freund schon auf der Bank neben der Haustür. Mos Augen leuchten, als er sagt: „Ich hab mir ja nicht vorstellen können, daß du und Sanftauge wirklich Freunde seid, und daß ihr euch so gut versteht.
Du hast mir ja alles erzählt, aber wie es wirklich ist, wusste ich nicht. Und als Sanftauge mir so nahe kam und mich berührte und ich diese Wärme fühlte, glaubte ich, sie sei wie ein Mensch."
„Das dachte ich auch, aber nicht wie die Menschen im Dorf. Und wenn ich erst an Yasmins Onkel denke!"

„Wegen dem mach ich mir ja Sorgen. Wenn es wirklich so wäre, wie du mit Sanftauge geträumt hast! Stell dir nur vor Yasmin würde kommen, und sagen: >Ich geh nie mehr zu meinem Onkel zurück!< Was sollen wir dann bloß machen?"

„Vielleicht kann ich dann mit ihr auf der Insel wohnen, in unserer Höhle."

„Das würde ihr Onkel doch nicht erlauben, und sie holen."

„Er weiß ja nichts von der Insel; außer dir und Yasmin weiß keiner davon. Da würde uns doch niemand finden."

„Ich hoffe nur, daß ihr euch nicht wirklich vor Yasmins Onkel werdet verstecken müssen! Aber vielleicht solltest du alles, was ihr dann brauchen würdet, schon mal in die Höhle bringen. Nachher wäre es zu spät. Du dürftest dich dann auch nirgends mehr sehen lassen. Ich hoffe nur, es kommt gar nicht erst soweit. Aber wir müssen jederzeit damit rechnen und sollten keine Zeit verlieren. Lass uns gleich ins Haus gehen, und nachsehen, was ihr in eurer Höhle brauchen könnt."

Mos Häuschen ist nicht sehr groß. Beim Eintreten können sie das ganze Innere überblicken, das aus einem einzigen großen Raum besteht. Zu beiden Seiten der Haustür ist je ein Fenster, zur Meerseite hin, in die rohe Sandsteinmauer eingelassen. Ein weiteres befindet sich in der gegenüberliegenden Wand, neben dem großen Herd, dessen Feuer nur selten ganz erlischt. Mo sorgt dafür, daß immer noch etwas Glut in der Asche glimmt. Denn sollte sie doch einmal ganz verlöschen, dauert es oft lange, bis es gelingt, mit Stahl, Feuerstein und Zunder ein neues Feuer zu entfachen.

In der runden Öffnung der Herdplatte hängt ein gußeiserner Topf, auf dem Ring, der seinen Bauch umfängt, über den Flammen. Aus seinem Inneren singt es leise vor sich hin.

Unter dem Fenster neben dem Herd steht eine Bank, deren Sitzfläche mit Schaffellen bedeckt ist. Auf dem Tisch davor befinden sich zwei Holzteller, mit Messer und Gabel, ein kleiner steinerner Mörser, zum zerkleinern der groben Meersalzkristalle in dem Tontöpfchen daneben, und eine Tonschale mit Ziegenquark – der reichlich mit zerhacktem Schnittlauch bestreut ist. Um den Tisch stehen mehrere Holzschemel. Entlang der Wand, rechts vom Herd, reihen sich Borde übereinander, in denen allerlei Küchengeräte, Teller, Tassen und Bestecke ihren Platz haben.

Als besondere Kostbarkeit hängt eine bronzene Kasserolle, golden leuchtend, neben einer verrußten eisernen Bratpfanne über dem Herd an der Wand. Unter dem Fenster, rechts neben der Haustür, hat Mo seine Lagerstatt errichtet, von der aus sich längs der Seitenwand mehrere Truhen reihen.

Dort steht auch eine Weidenkiepe, auf die Mo zugeht: „Die könnt ihr gut gebrauchen. Mir werde ich eine neue flechten." Er hebt den Deckel einer Truhe hoch. „Sieh mal, Marko, das alles gehörte Magdalena, als sie noch lebte. Davon könnt ihr wohl einiges gebrauchen."

Marko sieht Mo verunsichert an: „Aber das sind doch liebe Erinnerungen an deine Frau, die kann ich doch nicht einfach mitnehmen."

„Ach Junge, sie liegen schon so lange in der Truhe, als ob sie auch tot wären. Guck mal, dieses schöne Leinenhemd, wenn Yasmin es trägt, lebt es wieder, und die Bettlaken und Handtücher, alles wird wieder leben, wenn ihr es benutzt."

Zärtlich befühlt Mo jedes Teil, das er aus der Truhe nimmt und in die Kiepe legt: Zwei Hemden, zwei Bettlaken, einen Pullover, den Magdalena gestrickt hat, und mehrere Handtücher. Dann trägt er die Kiepe zu den Borden neben dem Herd. Dort nimmt er zwei Teller, Tassen und Schalen, die er sorgfältig zwischen die Stoffe bettet, und legt zwei Krüge obenauf.

„Die werdet ihr für Trinkwasser brauchen. Und hier – dabei nimmt er die goldene Kasserolle von der Wand, und hält sie Marko hin – hab ich etwas ganz besonderes für eure Küche. Schon meine Mutter hat darin gebraten und gekocht. Sie ist uralt, und es wohnen gute Geister in ihr, die euch beschützen sollen. So, Junge, jetzt ist die Kiepe voll."

Damit nimmt er sie hoch und stellt sie neben die Haustür. Dann legt er mehrere Schaffelle auf einen Flickenteppich, rollt sie darin ein und bindet das ganze zu einer Rolle zusammen. „Damit könnt ihr es euch in eurer Höhle gemütlich machen. Und wenn ihr erst da wohnt, werde ich euch auch mal besuchen. Geh jetzt noch in den Keller. Dort ist ein Henkelkorb, den kannst du mit Kartoffeln und Äpfeln füllen. Ich sorge derweil dafür, daß was zu essen auf den Tisch kommt."

Der „Keller" ist eine kleine Höhle im felsigen Hang, hinter dem Haus. Als Marko mit dem gefüllten Korb zurückkommt, sitzt Mo schon am Tisch vor einer Schale dampfender Pellkartoffeln.

Während sich die beiden Quark und Kartoffeln schmecken lassen, hängen sie ihren Gedanken nach. Doch als das Mahl beendet ist, sieht Mo Marko fragend an: „Nimmst du mich mit auf deine Insel? Ich möchte mir eure Höhle ja so gerne mal ansehen!"

„Oh ja, Mo, lass uns gleich aufbrechen."

Marko hebt sich die Kiepe auf den Rücken und nimmt den Henkelkorb, Mo die Teppichrolle, und so beladen, gehen sie hinunter zum Boot.

Als sie sich langsam vom Ufer entfernen, und Mo über die weite Wasserfläche um ihn her schaut, erscheint sie ihm ähnlich zeitlos still, wie sein einsam dahinfließendes Leben.

In den vergangenen Tagen, seit Marko ihn nach so langer Zeit wieder besucht hatte, ist das jedoch ganz anders geworden.

Nachdem er sich daran gewöhnt hatte, seinem ausklingenden Leben gelassen zu folgen und die Beschwernisse seines Alterns geduldig zu ertragen, ohne mehr von seinem Leben zu erhoffen, als daß es einmal wie die Sonne im Meer friedlich erlischt, haben Marko und Yasmin ihn wie aus heiterem Himmel verwandelt.

Sie haben ihn angesteckt mit ihrer Lebensfreude, und ihm das Gefühl gegeben, mit ihrem Schicksal verbunden zu sein. Verheißungsvoll, wie die sich nähernden Inseln, deren Formen und Pflanzen sich aus den anfangs noch undeutlichen Konturen lösen, erscheint ihm die abenteuerliche Welt der Kinder, in der nun auch er zu leben beginnt. Beim Anblick des Eilands fühlt Mo sich zurückversetzt in die Zeit, als er noch selbst in seinem Boot hinaus gerudert war. Doch weckt ihn das mahlende Geräusch des Kiels im Sand aus seinen Träumen, als sie in der Bucht landen.

Marko steht von seinem Sitz auf, breitet die Arme aus, als wolle er das Eiland umarmen, und sagt: „Glaubst du, Mo, daß die Insel eine Seele hat?"

„Es kommt mir manchmal so vor, Junge. Ich denke, ja, auch wenn die meisten Menschen das nicht glauben wollen, weil sie sie nicht sehen können."

„Sehen kann ich sie ja auch nicht, aber fühlen und sie macht mich froh. So war es schon als ich die Insel zum erstenmal sah. Und mit jedem Tag ist ihre Seele größer und schöner geworden. Besonders als Sanftauge kam und als Yasmin hier war, und jetzt, wo du hier bist."

Mit den letzten Worten steigt Marko aus dem Boot und zieht es höher auf den Strand. Dann geht er mit Mo durch das Tal auf die Kiefer und das Oleandergebüsch zu, vor dem Marko die Kiepe abstellt.

Mo wundert sich und fragt: „Sind wir denn schon bei der Höhle?"

„Ja, wir sind schon da, leg dein Bündel nur ab, und komm mit."

Mo klettert mit ihm durch das Gebüsch auf die Felswand zu, wo er, den hinter Pflanzen verborgenen Höhleneingang nicht sehen kann.

Als Marko dann den Pflanzenvorhang zur Seite hält, versichert Mo mit breitem Grinsen: „Da wird euch so leicht keiner finden!"

Nun klettert Marko in den Eingang und hält die Pflanzen so zur Seite, daß sein alter Freund ungehindert hineinsteigen kann.

Der sieht sich die Höhle an und sagt: „Eine bessere Zuflucht hättet ihr nicht finden können, und wenn ihr euch erst eingerichtet habt, wird es hier richtig gemütlich sein."

„Ja Mo, aber nur weil du uns dabei hilfst. Ich hol das Gepäck mal rein." Als Marko mit der Teppichrolle in die Höhle kommt, hat Mo sich auf einem Sims, der wie eine Sitzbank aus der Felswand ragt, niedergelassen. Marko legt die Rolle auf den Sandboden, löst die Schnüre und breitet den Teppich aus. Dann reicht er Mo ein Schaffell, das der als Unterlage auf seinen Sitz legt, holt die Kiepe und den Henkelkorb, setzt sich vor Mo auf den Teppich und sagt: „Wenn ich nur wüsste, was Yasmin jetzt macht, und wie es ihr geht!"

Die beiden sollten es bald erfahren. Als sie sich auf dem Rückweg der Küste nähern, machen sie erst etwas Helles am Bootslandeplatz aus, dann im Näherkommen, erkennen sie Yasmin, die dort auf sie wartet, und ihnen zuruft: „Ich bin ja so froh, daß ihr endlich kommt!"

Als das Boot dann anlegt sieht Marko sie fragend an: „Und ich bin erst froh! Wir haben uns so große Sorgen um dich gemacht! Was ist passiert? Warum bist du nicht gekommen?!"

„Ach, es war so schrecklich! Als ich gestern Abend zu meinem Onkel kam, wollte er wissen, was ich den ganzen Tag gemacht habe. Und als ich es ihm nicht sagen wollte, wurde er wütend und hat mich in meine Kammer gesperrt."

Marko sieht sie verwundert an: „Dann ist es doch wahr, was Sanftauge mir erzählt hat! Und schlagen wollte er dich?"

„Ach, es kam ja noch schlimmer! Ich muss mich erst mal setzen."

Als sich Marko und Mo zu Yasmin auf den großen flachen Stein gesetzt haben, berichtet sie mit zitternder Stimme: „Ich stand am offenen Fenster, und sah in die Tiefe, und traute mich nicht zu springen – da kam er rein, packte mich und warf mich aufs Bett!"

„Dir werd ichs zeigen! sagte er noch, riß mit einer Hand mein Kleid hoch, mit der anderen drückte er mich ins Bett. Als ich schrie, preßte er mir das Kissen ins Gesicht, daß ich fast erstickt bin.

Irgendwie gelang es mir aber freizukommen, und aus dem Bett zu springen. Er war auch sofort auf den Beinen und wollte mir den Weg zur Tür versperren. Dabei rutschte seine Hose runter und er stolperte mir nach.

Ich war vor ihm aus der Tür und rannte die Treppe runter. Da polterte es hinter mir her, als ob ein Sack Holz die Treppe runterfällt.

Ich sah mich nicht um, rannte nur. Erst als ich am Wald war schaute ich zurück, aber es war niemand mehr hinter mir her. Nie wieder, geh ich zu ihm!"

Wie aus einem Munde sagen Mo und Marko gleichzeitig: „Das brauchst du auch nicht, wir haben sowas schon geahnt."
Und nun erzählt Marko ihr, wie er und Sanftauge von dem Verhalten ihres Onkels auf so geheimnisvolle Weise erfahren haben, und daß er und Mo schon einiges in die Höhle gebracht haben, damit sie dort wohnen können.

Yasmins Augen werden feucht bis ihr zwei Tränenbäche über die Wangen rinnen, und vom Kinn tröpfelnd, auf ihr weißes Kleid fallen, wo sie zu dunklen Flecken versickern.
Mit einer hilflos anmutenden Geste, versucht sie mit ihrem Handrücken das Nass aus ihren Augen zu wischen. Dann sieht sie Mo und Marko aus ihren feuchten Augen, in denen sich Leid, Glück und Verzweiflung spiegeln, an und sagt: „Erst war alles so schrecklich, daß ich schreien musste, und nun bin ich so glücklich, daß ich weinen muss."
Darauf umarmt sie Mo und legt ihr feuchtes Gesicht schluchzend an seinen Hals, wendet sich Marko zu, der sie hilflos ansieht, drückt ihn fest an sich, geht auf das Wasser zu, streift ihr Kleid über den Kopf, steigt sachte vom felsigen Ufer ins Wasser und versinkt.

Besorgt sieht Mo ihr nach: „Was macht Yasmin denn bloß, sie kommt ja gar nicht wieder hoch?"
Marko legt seine Hand beschwichtigend auf Mos Arm: „In der schwerelosen Stille dort unten, werden sich all die Schreckensbilder aus ihr lösen und ins Meer zerfließen. Und bei dem, was sie erlebt hat, kann das lange dauern."
„Aber doch nicht sooo lange!"
„Doch Mo, noch viel länger sogar. Aber ich kann ja mal nach ihr sehen, für alle Fälle."
Gedankenschnell hat sich Marko entkleidet und ist mit einem Kopfsprung unter Wasser getaucht. Endlich taucht Yasmin planschend und prustend aus den Wellen auf. Als gleich darauf Marko neben ihr erscheint, streckt sie ihre Arme nach ihm aus. Sogleich schwimmt er unter sie, wobei er ihren Oberkörper mit seinem Rücken über Wasser hält, während sie hustend und prustend ihre Arme um seinen Hals legt und sich von ihm tragen lässt. Bald erreichen sie das Ufer. Und es dauert eine ganze Weile, bis Yasmin sich verpustet hat.

Mit besorgter Miene, und einem leichten Vorwurf in der Stimme sagt Mo: „Was hast du nur gemacht, Kind, ich hatte richtig Angst um dich?!"

„Es war so schön da unten, daß ich gar nicht mehr hoch wollte. Und wie ich dann doch aufgetaucht bin, schwappt eine kleine Welle in meinen Mund, und mir ist als müsste ich ertrinken."
Marko sieht sie kopfschüttelnd an: „Das hätte auch leicht passieren können, wenn ich nicht rechtzeitig bei dir gewesen wäre. Versprichst du mir, nicht mehr alleine ins tiefe Wasser zu gehen, bis du sicher und lange schwimmen kannst?!"
„Versprochen, aber ihr dürft mir auch nicht mehr böse sein!"
„Ist schon gut Kind, lasst uns jetzt ins Haus gehn und nachsehn, was ihr noch gebrauchen könnt. Dann wird es auch Zeit, daß ihr zu eurer Insel fahrt."

Als die drei am Küchentisch sitzen, und eine große Scheibe Schmalzbrot verzehren, sagt Yasmin: „Was auch immer mein Onkel getan hat. Als ich im Wasser war, hat das Meer alles Schlimme von mir abgewaschen. Jetzt bin ich nur noch glücklich daß ich hier bei euch bin. Glaubst du Mo, daß wir auf der Insel vor ihm sicher sind?"
„Mach dir keine Sorgen. Auf der Insel seid ihr in Sicherheit, er weiß ja nicht einmal wo er nach euch suchen soll."

Marko schluckt den letzten Bissen Brot runter und sagt: „Großmutter weiß auch nicht wo ich bin und wird sich Sorgen machen. Ich hätte es ihr ja gerne gesagt, aber sie würde uns ja doch nicht verstehen."
Mo nickt mehrere Male zustimmend: „Du hast recht, Junge, was wir machen, muß unser Geheimnis bleiben. Nun wird es aber Zeit, daß ihr losfahrt. Ich hab da noch was für euch."
Bei den letzten Worten steht Mo auf, geht zur Wäschetruhe und kommt mit zwei Leinenbeuteln zurück, die er auf den Tisch legt. Dann nimmt er Feuer-stein, Stahl und Zunder aus einem Bord neben dem Herd und legt es dazu. Als er dann eine irdene Öllampe bringt, erhellt innige Wärme sein Gesicht.

„Vor langer Zeit hat diese Lampe Magdalena und mir unser Heim erleuchtet. Seitdem hat sie nicht mehr gebrannt. Nun soll sie wieder leuchten, und Licht in euer neues Leben bringen. Kommt, wir wollen noch in den Keller schauen!"

Als Mo die Tür zur Kellerhöhle öffnet, fällt das Licht der tiefstehenden Sonne in ihr dämmriges Gewölbe. Die Kühle aus ihrer Tiefe riecht heimelig erdig und würzig, und läßt die Schätze erahnen, die Mo hier verwahrt.

„Marko, füll mal gleich den Korb mit Äpfeln, Möhren, Kohlrabi und Kartoffeln! Hier, Yasmin, in dieser Flasche ist Öl für die Lampe, und hier, er reicht ihr einen Krug, ist Erdbeermarmelade."

Auch nimmt er noch einen Krug mit Schmalz, und ein großes Stück Speck und sagt: „Nun wird es aber wirklich Zeit. Kommt Kinder, lasst uns alles schnell zum Boot bringen, damit ihr die Insel noch erreicht, eh es dunkel wird."

Im Haus stellt Mo Schmalzkrug und Speck auf den Tisch und sagt: „Nun tut alles in die Beutel." Dann holt er noch ein ganzes Brot und einen Krug Honig. „Kinder, was seht ihr mich so an?"

Während Marko sich stumm eine Träne aus dem Auge wischt, fragt Yasmin: „Willst du nicht mit uns kommen, Mo?"

„Ich werde euch besuchen, so bald wie möglich, aber jetzt bringe ich euch erst einmal zum Boot."

Nachdem sie alles eingeladen haben, nimmt Yasmin Mo noch einmal in die Arme. Dann steigt sie ins Boot, das sich nun langsam entfernt, der tiefstehenden Sonne entgegen.

Lange Schatten liegen über der Insel, als die Kinder sie erreichen. Yasmin richtet sich von ihrer Sitzbank auf, breitet die Arme aus, und sagt: „Es ist alles so friedlich und geheimnisvoll, so als ob die Insel uns erwartet."

„Ja, es ist, als ob wir nach Hause kommen. Laß uns schnell zur Höhle gehn, eh es dunkel wird."

Ein Teil des Weges liegt schon im Halbschatten der Kiefer, und als sie in den Oleander steigen, umfängt sie eine Dunkelheit durch die sie nur mühsam den Weg zum Höhleneingang finden. Die hängenden Pflanzen und die Felswand erglühen jedoch golden im Licht der Abendsonne, deren Strahlen durch den grünen Vorhang bis weit ins Innere der Höhle leuchten.

Als Yasmin den Teppich, auf dem die Schaffelle ausgebreitet liegen, erblickt, stellt sie ihren Beutel und den Honigkrug neben die Kiepe, breitet ihre Arme aus, läßt sich in die Felle fallen und schließt die Augen.

Sie fühlt, wie sie sich von der Schwere des Höhlengrundes löst, und als Lufthauch in die Felsendecke der Höhle weht. Schwerelos wie eine Feder gleitet sie durch das Gestein, aus dessen Dunkel sich eine weiße Möwe löst.

Unter ihr die Insel im endlosen Meer, umflutet vom Licht der untergehenden Sonne. Weiße Schwingen tragen sie über Wasser und Inseln auf die Küste zu.

Sie erblickt den Wald, in den sie vor ihrem Onkel geflohen war. Über seinem Haus liegt dunkler Nebel. Ihre weißen Federn sträuben sich, als der Nebel zu ihr aufsteigt. Und mit wilden Flügelschlägen flieht sie ein zweites Mal von diesem Ort.

Die aufgehende Sonne erhellt ein fremdes, hügeliges Land. Friedlich weiden Schafe an grünen Hängen unter blühenden Obstbäumen. Vogelgesang erfüllt die Luft. Hummeln, Bienen und Schmetterlinge tanzen und summen von Blüte zu Blüte. Yasmin erfüllt ein Glücksgefühl, das sie niedersinken läßt. Ihre ausgebreiteten Flügel legen sich sachte über zarte Blüten. Sie sinkt in einen glücklichen, bunt duftenden Schlaf.

Sanft streichelt eine Feder ihr Gesicht. Sie spürt, wie ihre Finger sich bewegen, wie Leben in die Hände fließt und an den Armen entlang in ihren Körper strömt. Sie hört eine leise Stimme, erst von weit her, dann von ganz nah: „Yasmin, schläfst du noch?"

Nun fühlt sie die vertraute Berührung einer Hand, die ihre Haare aus ihrem Gesicht streicht. Ohne sich zu rühren flüstert sie: „Hab ich denn geschlafen? Ich war so weit weg, wo bin ich nur?"

„Hier, in unserer Höhle."

Noch ganz benommen öffnet sie ihre Augen, stützt sich auf den Armen hoch und schaut sich verwundert um.

„Jetzt erinnere ich mich wieder, wie ich hierher kam und mich in die Felle legte, und wie ein Traum begann der so lebendig war, daß ich glaubte alles wirklich zu erleben. Da war ich eine weiße Möwe und flog über Meer und Land. Es war alles so unwirklich schön. Nur das Haus meines Onkels war von einem dunklen Nebel umgeben, der mich ängstigte, vor dem ich geflohen bin. Ich bin ja so froh, daß ich wieder hier bei dir in unserer Höhle bin!"

Müde sickert das vergehende Licht, der ins Meer sinkenden Sonne durch das hängende Grün in den Höhleneingang; wobei ihm das Dunkel aus dem Inneren der Höhle entgegen kriecht, es allmählich ganz zu verlöschen. Auch Markos Gestalt scheint unmerklich im Dunkel zu versinken. Nun wendet Yasmin sich ihm zu und sagt: „Es wäre so schön, wenn wir ein Licht hätten, kannst du nicht die Öllampe anzünden?"

„Am Eingang ist es gerade noch hell genug. Du kannst ja schon Öl in die Lampe gießen, ich versuch gleich mal Feuer zu schlagen."

Im dämmrigen Licht des Höhleneingangs kann Yasmin gerade noch genug sehen, um Öl in die Lampe zu füllen ohne etwas von der kostbaren Flüssigkeit zu verschütten.

Marko hockt neben ihr und schlägt den Stahl schräg an dem Feuerstein runter, wobei Funken hell aufleuchten und gleich wieder verglimmen. Vor dem Stein liegt ein Knäuel Zunder, in das die Funken springen sollen. Dabei kommt es darauf an, daß, wenn sich ein größerer Funke im Zunder verfängt, er in dem kurzen Augenblick seines Glimmens angeblasen werden muss, damit er den Zunder entzünden kann.

Ein Versuch nach dem anderen misslingt. Bis Marko Stein und Stahl losgelassen, und den Zunder aufgenommen hat, um den Funken anzublasen, ist er längst verglüht. Yasmin hat Markos aussichtslosen Versuchen eine Weile zugeschaut und legt sich nun vor dem Zunder auf den Bauch, in der Absicht den nächsten Funken rechtzeitig anzublasen.

Wieder trifft der Stahl funkensprühend auf den Stein. Aber statt zu blasen richtet sie sich auf und hält eine Hand vor ihr Gesicht. „Au! Ich hab was im Auge!"

Marko kniet sich vor sie hin und nimmt ihren Kopf in seine Hände. „Ist es schlimm? Lass mal sehn!"

„Ich krieg das Auge nicht auf. Wenn ich es bewege brennt es so."

„Es fühlt sich sicher schlimmer an als es ist. Bleib ganz ruhig! Es wird nur ein kleiner Splitter sein. Sehen kann ich ihn nicht, es ist schon zu dunkel, aber vielleicht kann ich ihn fühlen. Halt dich an mir fest und beweg dich nicht."

Yasmin legt ihre Arme um Markos Rücken, lehnt sich an seine Brust und fühlt, wie etwas Weiches ihre Lider öffnet. Vorsichtig tastet Markos Zunge über ihr Auge, bis sie am unteren Lid etwas spürt. Darauf hält er das Lid mit dem Daumen nach unten, und es gelingt ihm, etwas, das sich wie ein Sandkorn anfühlt, mit seiner Zungenspitze aus dem Spalt zwischen Augapfel und Lid zu fischen.

„Jetzt ist es raus, es war nur ganz klein."

„Ich spüre da aber noch immer was!"

Marko legt seine Lippen noch einmal auf ihr Lid, wobei seine Zunge über ihr Auge tastet. Dabei fühlt er, wie Yasmin ihn an sich drückt: „Deine Zunge ist so zutraulich, es ist ein so liebes Gefühl, fühlst du es auch?" –

Yasmin hat sich wieder auf den Boden gelegt. Hält die Augen nun aber geschlossen, wobei sie lang anhaltend sachte in den Zunder bläst wenn sie hört daß Marko Funken schlägt.

Jetzt verfärbt sich ein grellweißes Fünkchen rötlich gelb, wird schnell größer und endlich züngelt eine kleine Flamme aus dem Zunder hervor. Als Yasmin den ölgetränkten Docht der Lampe darüber hält, brutzelt er erst leise ehe das Flämmchen auf ihn überspringt und sein stilles Licht den Raum erhellt.
Mit dem Licht vor sich herleuchtend, geht Yasmin zu ihrem Lager zurück und bewundert nun all die Schätze, die Marko neben den Teppich und darüber auf das Sims verteilt hat.
Staunend sagt sie: „Mo hat ja an alles gedacht und uns so reich beschenkt, ich weiß gar nicht, was ich sagen soll!" Dabei kniet sie auf ihr Lager nieder, stellt die Öllampe auf das Sims und schaut zu Marko auf: „Es kommt mir vor als ob es hundert Jahre her ist, daß ich zum ersten Mal auf die Insel gekommen bin. So viel habe ich seitdem erlebt, mehr als in meinem ganzen Leben davor. Dabei ist es erst gestern gewesen. Ist das nicht ein Wunder?"
„Mir geht es auch so. Mein Leben hat, wenn ich so zurückdenke, auch gerade erst begonnen.
Einmal, als wir beide am Strand waren und es Nacht wurde, und dann, als ich Sanftauge begegnet bin. Es ist wie eine Ewigkeit und wie ein Wunder. Und wenn nun alles nur ein schöner Traum ist?!"
Yasmin beugt sich zu Marko vor, streckt die Arme nach ihm aus, umfasst seine Füße und krabbelt mit ihren Fingern unter seinen Sohlen.
„Yasmin, laß das! Es kitzelt so!"
Dabei fällt er zu ihr auf die Knie und kitzelt sie, bis sie sich lachend auf den Fellen wälzen. Endlich bleiben sie erschöpft liegen, und fühlen ihre Leiber aneinander atmen.
Als sie sich wieder gefangen haben schlägt Yasmin vor: „Laß uns mal nach draußen gehn!", steht auf und geht auf den Höhlenausgang zu.

Vor der Höhle wölbt sich dunkel der Oleander unter Sternen, die aus der Tiefe des Nachthimmels auf die Insel leuchten. Und es ist, als ob aus ihrem stillen Funkeln, leises Klingen silberner Glöckchen über das ferne Plätschern kleiner Wellen schwebt.
Zögerlich steigen die Kinder in das Dunkel des Oleanders, tasten sich mit Händen und Füßen durch sein Astgewirr. Als sie endlich ins Freie gelangen, sagt Yasmin: „Es ist als ob die Insel friedlich schläft. Die Luft ist so weich und duftet nach schlafenden Pflanzen.

Alles ist still, nur die Wellen plätschern leise an den Strand, als flüsterten sie ihm heimliche Träume zu."

„Laß uns leise weitergehen, damit wir die Insel nicht wecken, und die Libellen, sie schlafen jetzt auch, und die Schmetterlinge, die sind wohl zur Nacht unter ein Blatt geschlüpft oder schlafen im Gras und müssen unsere Füße fürchten, wenn wir nicht achtsam sind.

Und sieh nur, deine blaue Blume hat ihren Kelch wieder geschlossen und träumt wohl einen zarten Traum. Wollen wir nicht lieber zurück in unsere Höhle und warten bis es Tag wird, damit wir den Frieden hier nicht stören?"

„Wir müssen eben ganz vorsichtig gehen und darauf achten, wohin wir treten. Ich möchte so gerne nochmal an den Strand!"

„Wenn wir an dem Tümpel vorbeigehen und über den Felsrücken dort, sind wir schon gleich am Meer."

Von dem Felsrücken aus bietet sich ihnen ein seltsamer Anblick: „Yasmin, siehst du das Leuchten da am Strand?"

„Ja, und dort, wo sich die Welle kräuselt! Jetzt verlischt es schon, aber an dem Stein da im Wasser leuchtet es wieder."

„Das ist ja richtig unheimlich, lass uns mal nachsehen, was das ist!"

An dem Stein im Wasser leuchtet es wieder in hellem Grün, und als die Kinder durchs flache Wasser dorthin laufen, leuchtet es aufspritzend und um ihre Füße wellend, wobei hinter ihnen ihre feurigen Fußstapfen wie ein flüchtiger Spuk wieder vergehen. Verwundert bleiben die Kinder stehen; „Vielleicht", sagt Yasmin. „ist es das, was die Leute Meeresleuchten nennen. Aber niemand weiß was das eigentlich ist."

„Davon habe ich auch gehört, aber gesehen habe ich es noch nie. Manchmal soll das Meer leuchten, in warmen Nächten. Und manche glauben, daß es von den Seelen ertrunkener Seeleute kommt, die bevorstehendes Unheil ankündigen wollen." „Das glaub ich nicht, es sind doch unsere Füße, die das machen, und das Schwappen der Wellen, und dabei ist es so geheimnisvoll."

Nun ziehen sich die beiden aus und gehen ins tiefere Wasser. Dabei ziehen sie zwei leuchtende Bahnen hinter sich her. Und als sie schwimmen, erleuchten sich erst ihre Hände und Arme und dann sie selbst.

„Siehst du jetzt, Marko, wir sind es, aus denen das Leuchten kommt, obwohl wir keine ertrunkenen Seeleute sind!"

Mit den Worten: „Wie es wohl unter Wasser aussieht?" taucht Marko unter. Über sich sieht er Yasmin als Lichtgestalt.

Sie scheint zu glühen, wobei ihre Hände bei jeder Bewegung feurige Schweife durchs Wasser ziehen. Jetzt schwimmt sie herab, auf Marko zu, und sieht auch ihn im Wasser leuchten, sieht aus dem Dunkel zwei Lichter auftauchen, die wie Sternschnuppen mit langem Schweif vorüberziehen.

Immer neue Lichtgestalten erscheinen aus dem Dunkel um sie her. Es sind die Leiber kleiner Fische und es sieht aus, als ob ins Leben erwachte Sterne einen versunkenen Nachthimmel beleuchten.

Als die beiden aus dem Wasser steigen, leuchten ihre nackten Körper weiter und verstrahlen noch immer ein mattgrünes Licht, als sie die Höhle erreichen. Yasmin sieht den grün schimmernden Marko an, dann an sich herunter und sagt belustigt: „Wenn uns jetzt jemand sehen würde, könnte er uns für Gespenster halten."

Marko nimmt zwei Handtücher aus der Kiepe, reicht eins davon Yasmin und sagt: „Das kann ich mir schon vorstellen, und dabei hat Mo mir erzählt, daß die Leute im Dorf selbst wie Gespenster sind, obwohl man es ihnen nicht ansieht, und sie selbst das gar nicht wissen."

„Wo du das so sagst, denke ich das auch. Sie sehen nur das, was ihre Augen sehen, aber ihre Gefühle sind tot und können das Leben nicht erkennen. Sie sind wie Tote in einer von Leben erfüllten Welt."

Als die beiden sich abgetrocknet und angekleidet haben, erinnert sie ein leeres Gefühl im Bauch an die essbaren Schätze, die Mo ihnen mitgegeben hat, und Marko sagt: „Ich hol mal Wasser aus dem Tümpel, du kannst dann schon das Brot auspacken, und was wir sonst noch essen wollen."

Als Marko mit dem Krug Wasser in die Höhle zurückkommt, sitzt Yasmin im milden Licht der Öllampe auf den Fellen. Vor sich hat sie ein Handtuch ausgebreitet, auf dem ein Schmalzbrot und ein Erdbeermarmeladenbrot auf ihn warten. Er stellt den Wasserkrug dazu, setzt sich und sagt: „So heimelig wie hier, war es noch nie."

„Ja, und nach dem Abendbrot kuscheln wir uns in die Felle; ich freu mich schon so darauf, bei dir zu schlafen."

Nach dem Abendessen holt Marko ein Bettlaken aus der Kiepe und breitet es über den Teppich aus. „So, jetzt kratzt es nicht mehr so, ich hab ja nichts zum Anziehen für die Nacht. Mein Nachthemd hab ich ja bei Großmutter gelassen. Ob die sich jetzt wohl Sorgen macht?"

Hemd und Hose legt er auf das Sims, und krabbelt unter ein Fell.

„Deine Großmutter macht sich sicher Sorgen, aber es darf ja niemand wissen daß wir hier sind, und an allem ist mein schlimmer Onkel schuld …"

Und sagt noch, als sie ihr Kleid auszieht, es zu Markos Sachen legt, das Licht auspustet und sich zu ihm unter ein Fell kuschelt: „aber auch daran, daß ich jetzt bei dir bin."

Nach all den aufregenden Erlebnissen des vergangenen Tages umfängt die Kinder noch tiefer Schlaf im Dämmerlicht der Höhle, als die alte Lena Yasmins Onkel durch die offenstehende Haustür erblickt.

Sein rücklings auf den untersten Stufen der Treppe herabhängender Körper scheint sich auf den auf die Brust geklappten Kopf zu stützen, aus dem seine glasigen Augen ins Leere starren.

Mit einem Jammerschrei läuft die Alte aus dem Haus, vor dem sich die ganze Nachbarschaft versammelt, um zu erfahren, was da geschehen sei.

Ihre Augen weit aufgerissen, zeigt sie auf die offenstehende Haustür und jammert mit sich überschlagender Stimme: „Der Josef liegt da auf der Treppe und schnauft nicht mehr, heilige Jungfrau, er schnauft nicht mehr!"

Bald drängen sich Jung und Alt um die Haustür und bejammern die unglückselige Gestalt an der Treppe, aber keiner traut sich zu ihr hin, bis endlich der Mann der Kirche erscheint.

Der geht zu dem Toten rein, bekreuzigt sich, murmelt Unverständliches, während er ihm die Augen zudrückt, greift ihm unter die Arme, zieht ihn von der Treppe und legt ihn lang auf den Fußboden ab. Dann wendet er sich an die Leute vor der Tür: „Ist Yasmin denn gar nicht da?"

Als ihm keiner Auskunft geben kann, geht er die Treppe hoch und durch die offenstehende Tür in ihre Kammer. Dort sieht er das zerwühlte Bett und den umgestoßenen Stuhl und erkennt gleich, daß hier ein Gerangel stattgefunden hat.

Vor der Haustür ist nun auch Markos Großmutter angekommen. Als der Mann der Kirche von ihr erfährt, daß Marko seit gestern nicht mehr nach Hause gekommen ist, runzelt er die Stirn: „Da stimmt was nicht, ich ahne Teufelswerk!"

Als Markos Großmutter das hört, hält sie die Hände an ihren Kopf und klagt: „Ich habs ja gewusst! Der Leibhaftige hat den Jungen geholt, und, der Herr steh mir bei, Yasmin dazu!"

Der Mann der Kirche geht auf sie zu, bekreuzigt sich und fragt: „Woher willst du das wissen, Anna, hast du ihn bei den Kindern gesehen?"

„Nein, gesehen hab ich ihn nicht, aber ich habs ja gewusst, der arme ahnungslose Junge glaubte er sei ein Delphin!"

„Hat er dir von einem Delphin erzählt? Was hat er denn gesagt?"

„Draußen auf dem Meer ist er zu ihm gekommen, der Gott-sei-bei-uns, in Delphingestalt und war sehr freundlich zu ihm. Ich hab den Jungen ja gewarnt, das nächste Mal würde er ihn verführen, wenn er ihm nicht mit heiligen Zeichen und Worten wehrt."

Der Mann der Kirche blickt auf, als suche er den Beistand des Herrn, und sagt: „Jetzt verstehe ich auch, wie der arme Josef zu Tode gekommen ist. Der Gott-sei-bei-uns hat die Kinder verführt und Yasmin böse Kräfte verliehen, so daß sie den Josef in ihrer Kammer überwältigen und die Treppe runter werfen konnte, wobei er sich den Hals gebrochen hat. Und der arme Josef war ein so gottesfürchtiger Christ!"
Nach diesen Worten hebt die alte Anna herzzerreißend zu jammern an: „Die armen Kinder! Nun ist es gewiss, der Gott-sei-bei-uns hat sie geholt! Er wird sie verwandeln, in schwarze Katzen oder in Eulen. Des Nachts werden wir ihre unheimlichen Schreie hören, aber wir werden sie nie, nie wiedersehen! Arme, arme Kinder!"

Yasmin steht am Strand und schaut zu, wie Marko, von Delphinen begleitet, aufs Meer hinausschwimmt. Ihr wird bange, als die über das Wasser springenden Delphinkörper immer kleiner werden, und Panik erfaßt sie, als Marko und die Delphine in der Ferne mit den Wellen verschmelzen, bis sie nicht mehr zu sehen sind.
Im Erwachen glaubt sie gerade noch das sich entfernende Echo ihres Angstschreies zu hören: „Wo bin ich nur, und wo ist Marko? Ist er wirklich im Meer verschollen?"
Yasmin liegt auf dem Bauch, ihr Gesicht in den Fellen vergraben. Als sie ihre Hand ausstreckt fühlt sie einen warmen Körper neben sich, läßt sie auf ihm liegen und versucht sich zu erinnern.
„Es ist Marko", denkt sie. „es war nur ein böser Traum. Die Höhle! Wir sind zusammen in der Höhle eingeschlafen."
Ihr Gesicht in die Felle gekuschelt, erinnert sie sich an die Erlebnisse des vergangenen Tages, der so schrecklich begann und ein so glückliches Ende nahm. Erst traut sie sich nicht, ihre Augen zu öffnen.
„Wenn alles nur ein Traum war?!"
Sie atmet den Geruch der Felle, den erdig-felsigen Duft der Höhle und spürt den warmen Körper unter ihrer Hand. Sachte nimmt sie sie von Markos Rücken, richtet sich auf und blinzelt zum Höhleneingang in das helle Tageslicht. Im gedämpften Licht der Höhle erscheinen nun all die Sachen, die sich um ihr Lager verteilen und neben ihr: Markos ruhig atmendes Gesicht. Langsam wird ihr bewußt, daß sie mit Marko allein ist.

Das Dorf, ihr Onkel, alles ist ferne Vergangenheit. Die Vorstellung, daß für sie und Marko hier ein neues Leben begonnen hat ist so aufregend, daß sie mit einem mal hellwach ist. Sie beugt sich zu Marko nieder und flüstert in sein Ohr: „Marko, schläfst du noch?" – „Yasmin? Ich bin schon wach."

Verschlafen reibt er sich die Augen, sieht zu Yasmin auf und lächelt.

„Wir sind ja noch in der Höhle, und du bist hier!"

Er schaut zum hellen Höhleneingang.

„Es ist ja schon hell. Wollen wir mal rausgehen?"

Vor der Höhle liegt das Tal noch im Schatten der Felswand. Auf dem Weg zum Strand fühlen sie die Kühle der Morgenluft auf ihren bloßen Körpern. Am Tümpel wärmt sie das milde Licht der Morgensonne. Mit seinem kühlen Wasser waschen sie ihr Gesicht und gehen zur Höhle zurück.

Wie sie sich abtrocknen und ankleiden sagt Marko:„Jetzt bin ich richtig hungrig geworden!"

„Ich auch! Wenn du gleich noch Wasser holst, mach ich schon das Frühstück."

Als Marko mit dem Krug Wasser zurückkommt, hat Yasmin Brot, Marmelade und Äpfel auf ein Handtuch verteilt, das sie auf das Sims gelegt hat. Marko stellt den Krug dazu und setzt sich. Yasmin läßt sich auf der anderen Seite der „Tafel" nieder.

Nachdem die Kinder ihren Hunger mit Marmeladenbrot gestillt haben, nimmt sich jeder noch einen Apfel und Marko sagt:„Wenn ich nur wüßte, was jetzt im Dorf geschieht! Ob man schon nach uns sucht?"

„Mein Onkel wird wohl alles in Bewegung setzten, um mich zu finden, damit er mich wieder einsperren kann. Ob er wohl ahnt, das ich mit dir auf einer Insel bin?"

„Vielleicht ahnt er so etwas, aber es gibt ja so viele Inseln, daß er gar nicht wüßte, wo er suchen sollte, und in der Höhle würde uns ja niemand finden. Wenn ein Boot kommt, müssen wir uns eben hier verstecken."

„Aber Mos Boot würde man finden. Das könnte uns verraten."

„Ja, das ist wahr. Das Boot müssen wir eben auch verstecken."

„Können wir denn das ganze Boot so verstecken, daß es niemand findet?"

„Nein, ein solches Versteck gibt es hier wohl nicht. Wenn es aber bei Mo wäre würde niemand glauben, daß wir auf einer Insel sind. Vielleicht sollte ich es zu Mo bringen."

„Aber wie willst du das denn machen? Wie willst du denn ohne das Boot zurückkommen?"

„Zum Schwimmen ist es zu weit. Aber ich könnte Sanftauge fragen, ob sie mitkommt und mich zurückbringt."

„Wenn dich aber jemand sieht."

„Ich werde einen Umweg machen, so daß mich vom Dorf aus keiner sehen kann. Laß uns mal gleich nachschauen, ob Sanftauge in der Nähe ist."

Von der Grasnabe auf dem Felsen aus überblicken Marko und Yasmin die Insel und das Meer. Sanftauge ist jedoch nirgends zu sehen. So setzen sie sich ins Gras und hoffen, daß sich die Wellen teilen werden und Sanftauge erscheint.

Nun sieht Yasmin am Ende der Insel, die zwischen ihnen und dem Festland liegt, eine dünne Fahne über einem Stückchen braunem Segel, das sich über ein Wäldchen auf die Durchfahrt zubewegt.

„Marko, da drüben bewegt sich was über den Bäumen, das wie eine Fahne mit etwas Segel darunter aussieht!"

Dicht beieinander im Gras liegend beobachten sie, wie sich das braune Segel über buschiges Grün auf das andere Ende der Insel zubewegt.

Endlich erscheint das Boot, löst sich aus der Deckung der Insel, überquert die Durchfahrt und gleitet hinter die nächste Insel außer Sicht.

Erleichtert sagt Marko: „Dieses Boot habe ich noch nie gesehen. Es kommt nicht aus dem Dorf und sucht nicht nach uns. Doch eh jemand vom Dorf hier herkommt, muß unser Boot bei Mo sein. Wenn Sanftauge doch nur hier wäre! Vielleicht kommt sie eher, wenn wir im Wasser sind. Wollen wir schwimmen gehen?" „Oh ja – und tauchen!"

Noch haben die beiden die Bucht nicht ganz erreicht, da hören sie auch schon Sanftauges vertrautes Pfeifen. Und als sie sich eilig ausziehen, ihre Kleider an den Strand werfen und ins Wasser laufen, schwimmt Sanftauge, den Kopf über Wasser, auf sie zu. Zur Begrüßung stupst sie abwechselnd Marko und Yasmin an Beine, Brust und Bauch, taucht eine kleine Strecke zum Meer hin, erhebt sich auf ihrer Schwanzflosse und fordert die Kinder pfeifend und knarrend auf, zu ihr zu schwimmen. Doch Marko winkt ihr zu, weist auf das Boot am Strand und ruft:

"Sanftauge, ich will mit dem Boot zu Mo fahren. Kommst du dann mit?" Erst bleibt sie schwatzend auf ihrer Schwanzflosse stehen. Dann läßt sie sich ins Wasser sinken, schwimmt zu den Kindern zurück, hebt ihren Kopf und sieht Marko an. Während er ihr Gesicht streichelt, sagt er:

"Ich möchte mit dem Boot zu Mo fahren. Kommst du dann mit?"

Darauf schiebt Marko das Boot ins Wasser, steigt ein und stößt ab. Sanftauge kommt längsseits, und als Marko die Ruder eintaucht, schwimmt sie in Richtung auf die Durchfahrt voraus. Sobald sie jedoch sieht, daß das Boot diesmal eine andere Richtung einschlägt, kommt sie zurück, um auf dem neuen Kurs vorauszuschwimmen.

Mo hat lange auf seiner Bank gesessen und an die Kinder gedacht. Als er das sich nähernde Boot entdeckt, macht er sich sogleich auf den Weg zum Anlegeplatz. Als er dort ankommt, ist Marko schon so nahe, daß er Mos Rufe hört, sich nach ihm umsieht und ihm zuwinkt.
Aber nicht nur Marko hat Mo rufen gehört. Es vergehen nur wenige Augenblicke bis Sanftauge vor Mo aus den Wellen taucht, auf ihrer Schwanzflosse reitend hin- und herschwebt und ihn pfeifend begrüßt.
Jetzt ist für Mo die Welt wieder in Ordnung. Er hatte sich Sorgen gemacht. Markos Großmutter war bei ihm gewesen, und hatte vom Tod des Onkels berichtet. Obwohl keiner auf die Idee gekommen war, die „verteufelten" Kinder zu suchen, hatte sie doch irgendwie noch gehofft, daß Mo vielleicht etwas wüßte. Aber Mo wußte nichts.
Die Großmutter hatte ihm leid getan, doch mehr noch die Kinder, für die es nun wirklich kein zurück mehr gab. Nie wieder durften sie sich im Dorf, nicht einmal auf dem Festland, sehen lassen. Jetzt waren sie wirklich verbannt und Ausgestoßen. Sie hatten nur noch einen Menschenfreund – Ihn – den alten Mo.
Doch Sanftauges Gegenwart zerstreute seine Betrübnis. Von den Menschen sind die Kinder verstoßen worden, indes ein Delphin mit ihnen Freundschaft geschlossen hat.

Endlich erreicht Marko das Ufer, springt an Land und macht das Boot fest. Mo läßt sich auf dem großen, flachen Stein nieder und sagt: „Komm, setz dich zu mir Junge, und erzähle. Wie ist es euch ergangen?"
„Es ist so schön, mit Yasmin auf der Insel zu sein! Wir haben wieder soviel erlebt!"
Und nun erzählt er von dem Meeresleuchten und dem Abend in der Höhle, und wie es am Morgen war ...
„Dabei fiel uns das Boot ein, daß es uns verraten könnte, wenn es jemand entdeckt. Nun hab ich es zu dir gebracht. Wir brauchen es ja nicht; aber du kannst uns dann besuchen."
„Ja, Junge, das möchte ich auch. Am liebsten gleich heute. Ich hatte schon Sehnsucht nach euch. Ihr fehlt mir sehr. Da kann ich dich ja gleich   zurückbringen."
„Oh ja, komm gleich mit! Aber ich lasse mich lieber von Sanftauge zurückbringen. Dann sieht mich bestimmt keiner."

„Du hast recht. Wir sollten vorsichtig sein. Obwohl niemand nach euch suchen wird. Aber das erzähl ich euch nachher auf der Insel. Wollen wir gleich los?!"

„Ja, ich schwimm mit Sanftauge voraus und sage Yasmin daß du kommst. Die wird sich freuen!"

Marko zieht Hemd und Hose aus, gibt sie Mo, springt kopfüber ins Wasser und ist nicht mehr zu sehen. Doch bald taucht er mit Sanftauge wieder auf, winkt Mo noch schnell zu und gleitet mit ihr aufs Meer hinaus.

Als Marko Yasmin auf der Insel zurückließ, sah sie ihm noch lange nach. Dann stieg sie den Felsen hoch, legte sich auf den Bauch ins Gras und stützte ihr Kinn auf ihre verschränkten Arme.

Sie sah in eine kleine Welt von grünen Halmen, zwischen denen Blumen ihre Blüten in die Sonne reckten. Ein blau schillernder Käfer bahnte sich unverdrossen seinen Weg durch den Halmenwald, während über ihm ein weißer Schmetterling schwebte, sich auf eine blaßrote Blüte senkte und mit seinem dünnen Rüssel nach Nektar tastete.

Wohlig schmiegte sie sich ins Gras. Sie war nicht allein auf dieser Insel, fühlte sich als Teil von ihr, glücklich und geborgen. Als sie die Augen schloss, und dem leisen Rauschen des Meeres lauschte, gingen ihre Gedanken noch einmal zurück zum Haus ihres Onkels. Noch ein letztes Mal empfand sie dessen ungute Atmosphäre und Enge. Dann dachte sie an Marko, Sanftauge und Mo, und an die Insel, und das Meer – und schlief glücklich ein.

Als Sanftauge mit Marko auf die Bucht der Insel zuschwimmt, ruft sie pfeifend nach Yasmin. In ihrem Traum taucht Yasmin mit Sanftauge weit draußen im Meer. Über ihnen die sonnendurchfluteten Wellen, denen sie entgegenschwimmen. Beim Auftauchen öffnen sich ihre Augen. Sie sieht sich im Grase liegen und hört wieder Sanftauges Pfeifen. Sie reibt sich die Augen, kommt hoch und sieht nun, wie Marko aus dem Wasser steigt.

„Marko", ruft sie ihm zu, „ihr seid schon zurück!" und läuft ihm zum Strand entgegen.

„Ja", sagt er. „und Mo kommt auch gleich zu uns! Großmutter ist schon bei ihm gewesen und hat nach uns gefragt. Mo hat uns aber nicht verraten. Wenn er kommt, will er uns erzählen, was sie gesagt hat."

„Ich kann es gar nicht erwarten, daß er kommt, der gute Mo! Aber wo ist Sanftauge denn jetzt? Ich hab sie doch eben noch gehört?!"

Marko schaut aufs Wasser und sagt: „Sie hat sich nicht von uns verabschiedet und müßte eigentlich noch in der Nähe sein. Da!"
Er weist auf die Durchfahrt zwischen den Inseln.
„Dort ist sie eben gesprungen. Ich glaube, sie schwimmt Mo entgegen."

Mo erschrickt nicht wenig, als Sanftauge unvermittelt neben dem Boot erscheint, und ihn schwatzend begrüßt. Mo hält ihr seine Hand entgegen, die über ihre Stirn gleitet, als er sagt: „Sanftauge, wo kommst du denn her? Willst du mich zu den Kindern führen?"
Sie sieht ihn an, schwimmt los, umkreist das Boot einige Male und gleitet neben Mo her.

Die Kinder haben sich auf dem Felsen ins Gras gelegt. Marko war im Wasser ausgekühlt, und genießt noch die wohlige Wärme der Sonne auf seinem Körper als sie Sanftauges Stimme hören.
Gleichzeitig rufen sie: „Sanftauge! Mo!" und laufen auf die Bucht zu, den Ankommenden entgegen.
Als das Boot am Strand aufläuft, sagt Mo: „Kinder – ist das ein Empfang! Sanftauge hat mich schon hinter der Insel dort begrüßt, und mich den ganzen Weg begleitet. Es ist ja so schön, wieder bei euch zu sein!"
Yasmin steigt zu ihm ins Boot und sagt: „Wie ich mich erst freue, daß du da bist. Komm, ich helf dir runter!"
„Das ist gut gemeint, Kind, aber es geht schon. Seit ich mit euch soviel erlebe, bin ich wieder viel jünger geworden, und die Gicht macht mir nicht mehr so zu schaffen. Ich muß ja nun in Übung bleiben, damit ich euch oft besuchen kann."
Unerwartet sicher steigt Mo aus dem Boot und geht, von Yasmin gefolgt, an den Strand, während Marko zu Sanftauge schwimmt, seinen Arm um ihren Rücken legt und leise zu ihr sagt: „Du bist eine so liebe Freundin und ich danke dir, daß du mich zurückgebracht und auch noch unseren lieben Mo hierher begleitet hast."
Auch wenn Sanftauge Markos Menschenworte nicht versteht, begreift sie, was er ihr sagen will, sieht ihn glücklich an, stupst ihn sanft an Brust und Kinn, verabschiedet sich schwatzend von ihm, und pfeifend von Mo und Yasmin, und taucht in die Tiefe davon.

Yasmin und Mo haben sich derweil auf dem Felsen im Gras niedergelassen. Als Marko bei ihnen ankommt, sagt Mo: „Komm Junge, setz dich zu uns. Nun will ich endlich von den Neuigkeiten im Dorf erzählen."

Als Marko sich zu den beiden ins Gras gesetzt hat, sieht Mo erst ihn, dann Yasmin an, und als er aufs Meer schaut, spielt ein belustigtes Lächeln um sein Gesicht.

„Kinder, wenn es nicht so traurig wäre, was da im Dorf geschehen ist, müßte man darüber lachen!"

Damit wendet er sich Yasmin zu: „Dein Onkel ist ja wohl die Treppe runtergefallen und hat sich dabei den Hals gebrochen; vor dem brauchst du nun keine Angst mehr zu haben."

Yasmin hatte Mo groß angesehen als er sprach. Nun zieht sie ihre Beine an sich, legt ihre Arme um die Knie, stützt ihr Kinn auf und schaut eine Weile über das Wasser.

„Glaubst du, Mo, daß er dunkler Nebel geworden ist, als er tot war?"

Mo kratzt sich nachdenklich am Hinterkopf: „Bei dem kann ich mir das schon vorstellen. Aber wie kommst du denn darauf?"

„Gestern träumte mir, ich sei eine weiße Möwe. Als ich dann über sein Haus geflogen bin, stieg gruselig dunkler Nebel von ihm auf. Ob er wohl als Nebel auf dem Weg in die ewige Verdammnis ist, von der der Mann der Kirche so gern spricht?"

Wieder denkt Mo eine ganze Weile nach, eh er sagt: „Kind, glaub doch solchen Unsinn nicht! Was aus deinem Onkel geworden ist, kann wohl niemand wissen. Und wenn du ihn als dunklen Nebel gesehen hast, kann ich mir schon vorstellen, daß ein Mensch, der mit einer solchen Tat aus dem Leben geht, sich in Nebel auflösen wird. Laßt uns ihn nun schnell vergessen!"

Marko hat schweigend zugehört, nickt zustimmend, und sagt: „Wir wollen nicht mehr an ihn denken; so, als hätte es ihn nie gegeben. Aber erzähl mal Mo, was hat Großmutter denn noch gesagt?"

„Sie glaubt tatsächlich, Sanftauge sei der „Leibhaftige" und hätte euch in Tiere verwandelt. Und der Kirchenmann und die Leute haben ihr zugestimmt. Was sind das doch für Narren! Sie werden also nicht nach euch suchen, denn sie glauben, daß es euch nicht mehr gibt."

Die Kinder sehen einander erschrocken an. Dann sagt Yasmin, mit Wehmut in ihrer Stimme: „Du hattest ja wohl recht, Mo, als du gesagt hast: der Kirchenmann hätte alle im Dorf verhext! Gibt es denn außer uns keine Menschen mehr, auf der Welt, die noch bei Sinnen sind?"

Nachdenklich schaut Mo über das Wasser: „Doch, schon, weiter weg. Im Dorf aber wüßte ich keinen. Auf einer einsamen Insel, gegen Mittag, eine ganze Tagesreise entfernt, leben Menschen in kleinen Häusern an einer Bucht. Außer dem Kirchenmann und mir ist noch keiner aus dem Dorf dort gewesen.

Als ich vor Jahren einmal dort gelandet bin, haben mich diese Menschen freundlich aufgenommen. Und so bin ich viele Tage bei ihnen geblieben. Sie erzählten mir, daß der Kirchenmann einmal kam, um ihnen Gottes Wort zu predigen. Sie mochten ihn aber nicht, und haben ihn wieder weggeschickt!

>Wir wollen „Gottes Wort" nicht hören, von jemandem, dem nichts heilig ist.< hat mir der Dorfälteste erzählt. >Sein verschlagen frommer Blick hat uns genug über ihn gesagt.
Wir lieben und verehren Menschen wie Tiere, Pflanzen, Erde, Steine, Regen, Gewässer und das Meer, die Sonne, Mond und Sterne und fühlen, wie wir Teil sind – dieser wunderbaren Welt.
Wenn einer von uns stirbt, trauern wir um ihn und finden dabei Trost in dem Glauben, daß er wieder geboren wird. Vielleicht als Mensch, Tier oder gar als Pflanze.
Manchmal haben wir das Gefühl, einem Verstorbenen in neuer Gestalt wiederzubegegnen. Es ist dann wie ein beglückender Gruß, aus einer anderen Welt, den wir in ehrfürchtiger Freude entgegennehmen.<

Wie anders sind diese Menschen doch, als die Leute im Dorf! Und wäre da nicht mein Haus gewesen, und – indem er sich Marko zuwendet – die Freundschaft mit dir, wäre ich sicherlich bei ihnen geblieben."

Gebannt hatten die Kinder auf Mo geschaut. Jetzt sehen sie einander an, wenden sich Mo wieder zu, und als Marko sagt: „Da würde ich gern einmal hinfahren." fügt Yasmin hinzu: „Oh ja, wollen wir?"

Der alte Mann schaut in die Ferne, dann sieht er die Kinder an: „Allein hätte ich eine solche Reise ja nicht mehr gewagt, aber mit euch zusammen will ich gerne noch einmal zu dieser Insel fahren.
Was haltet ihr davon, wenn wir erst einmal in eure Höhle gehen, uns etwas zu essen machen und dann überlegen, wie wir die Reise vorbereiten wollen?"

Nachdem die drei in stiller Runde ihren Hunger gestillt haben, sagt Mo:

„Wenn wir wirklich zu der Insel wollen, können wir übermorgen früh aufbrechen."

Wie aus einem Mund sagen Marko und Yasmin: „Können wir nicht schon morgen fahren?"

Mo sieht die beiden lächelnd an: „Ein wenig müssen wir uns schon noch gedulden. Ich fahre nachher zurück, um im Haus einiges zu ordnen.

Morgen bringe ich die Ziege zu Markos Großmutter, bündle Decke und Felle für die Nacht und komme zurück, um die Nacht mit euch in der Höhle zu verbringen."

„Und wir", fällt es Marko jetzt ein. „müssen uns ja noch von Sanftauge verabschieden!"

„Oder sie fragen, ob sie mit uns mit will." schlägt Yasmin nun vor.

„Ja, Sanftauge wird sicher mitkommen, wenn ich sie darum bitte. Wir sind ja schon einmal zusammen weit hinausgeschwommen. Sie ist ja überall im Meer zu Hause."

„Ich seh schon", sagt Mo. „das wird ein richtiger Familienausflug. Laßt uns nun zum Boot gehn, daß ich bald zu Hause bin. Ich will noch Mast und Segel herrichten, damit wir nicht die ganze Strecke rudern müssen."

Nachdem die Kinder Mo zum Boot gebracht haben, legen sie sich auf dem Felsen ins Gras und schauen dem sich langsam entfernenden Boot nach.

*

Als Sanftauge Marko verließ, folgte sie den Stimmen ihrer Gefährten, die sie von weither erreichten. Sobald sie sich von ihrem Menschenfreund entfernt, empfindet sie eine seltsame Sehnsucht nach ihm. Diesmal ist ihr Gefühl wehmütiger Freude noch stärker als sonst. Am liebsten würde sie umkehren. Aber ihre Gefährten sind schon so nah, daß sie doch weiterschwimmt.

„Ich komme!" ruft sie ihnen zu; und wie ein vielstimmiges Echo schallt es zurück: „Hier sind wir!"

Endlich taucht sie ein in den großen Schwarm, wobei sie ihre Gefährten einzeln begrüßt und dann auf Stimme zuschwimmt.

„Ich war bei meinen Menschenfreunden", teilt sie ihr mit. „und möchte zu ihnen zurück. Bitte begleite mich!"

„Ich werde dich gerne begleiten. Du magst deine Freunde sehr?"

„Ja, es sind zwei, die mir sehr vertraut und nah sind. Und noch einer, den ich einfach mag."

Von Stimme gefolgt, schnellt sie aus dem Wasser, und sieht in der Ferne die Insel, auf die Mutter und Tochter nun zuschwimmen.

*

Als Mos Boot nicht mehr zu sehen ist, klettern Marko und Yasmin den Felsen hinab zur Bucht und ziehen sich aus. Yasmin geht nur wenige Schritte ins Wasser über den sandigen Grund, legt sich auf den Rücken in die sanften Wellen, breitet Arme und Beine aus und schließt die Augen. Sie fühlt, wie die Wellen über ihre Beine spülen, über ihren Leib, Bauch und Brust streicheln und ihre Arme sanft bewegen, wie Sand an ihren Beinen, Po und ihren Seiten auf- und abwärts rieselt. Ihr ist, als träumten Blütenknospen in ihrem Leib. Da hört sie Sanftauges Pfeifen und richtet sich auf.

Marko ist hinausgeschwommen und ruft Sanftauge zu, die von Stimme begleitet mit weiten Luftsprüngen auf ihn zuschwimmt. Sanftauge begrüßt ihn aufgeregt schwatzend während Stimme die beiden langsam umkreist. Dann legt Marko seinen Arm über Sanftauge und schwimmt mit ihr und Stimme auf die Bucht zu.
Yasmin kommt ihnen entgegen, bis ihr das Wasser an die Brust reicht. In voller Fahrt rauscht Sanftauge nun heran und stoppt mit einer Wende direkt vor ihr. Sie liebkost Yasmin mit ihren Lippen von den Füßen bis zum Gesicht und schwenkt den Kopf aufgeregt, während Yasmin sie streichelt, und sie fragt: „Sanftauge, was willst du mir nur erzählen?"

Inzwischen ist Stimme vorsichtig nähergeglitten und bewegt sich langsam auf Yasmin zu, indes Sanftauge zu Marko schwimmt und wie er, zuschaut was nun geschieht.
Vorsichtig kommt Stimme, den Kopf über Wasser, Yasmin immer näher, bis sie ihre Brust mit den Lippen berührt. Sanft betastet sie ihren Bauch, ihre Beine und Füße, hebt den Kopf aus dem Wasser und sieht sie an.

„Yasmin, ich bin Yasmin!" Darauf läßt Stimme einen langen klangvollen Pfeifton hören, worauf Yasmin antwortet: „ Wenn das dein Name ist, kann ich ihn nicht aussprechen. Aber ich mag deine Stimme und werde dich Stimme nennen."
Langsam streckt sie ihre Hand nach Stimmes Kopf aus, streichelt ihn mit beiden Händen und empfindet eine Freude, aus der heraus sie sich vorbeugt und ihre Stirn küßt.

Stimme liegt ganz ruhig vor Yasmin im Wasser. Jetzt hebt sie ihren Kopf mit einem jubelnden Pfeifen, drängt sich in einer Wendung ihres großen Leibes so an Yasmin, daß diese ihr Gleichgewicht verliert und sich an Stimmes Rückenflosse festhält die sie, immer schneller werdend, durchs Wasser zieht. Jetzt taucht Stimme schräg nach unten. Yasmin verliert ihren Halt und taucht gleich wieder auf.

Als sie die Insel erblickt, bekommt sie einen kleinen Schrecken: „So weit sind wir in der kurzen Zeit geschwommen! Ob ich es wohl schon alleine bis zur Insel schaffen kann?!"
Sie winkt Marko zu. Hören würde er sie nicht. Er ist so erschreckend klein geworden. Aber wenigstens winkt er zurück. Und Yasmin beginnt auf ihn zuzuschwimmen. Doch dann berührt ihre Hand etwas Weiches. Es ist Stimmes Kopf, der jetzt neben ihr erscheint und so langsam an ihr vorbei gleitet, daß sie ihre Rückenflosse ergreifen kann.
Mühelos zieht Stimme ihre kleine Last durch die vorbeirauschenden Wellen auf die Insel zu. Endlich ruft Yasmin: „Marko, es ist so wunderschön, mit Stimme zu schwimmen. Sie ist meine Freundin geworden. Ich bin ja so glücklich!"

Sanftauge ist die ganze Zeit bei Marko geblieben und hat, wie er, Stimmes Begegnung mit Yasmin aufmerksam verfolgt. Auch sie ist froh darüber, daß die beiden so schnell Freundschaft geschlossen haben.

Als sie Marko und Sanftauge fast erreicht haben, taucht Stimme unter, um gleich darauf ihren Kopf vor Marko aus dem Wasser zu heben. Sie sieht ihn an, befühlt seine Brust mit ihren Lippen, wobei er sie streichelt, und wendet sich Yasmin wieder zu, die eben bei ihnen angekommen ist.
Auffordernd stupst sie ihre Brust und sieht sie an. Yasmin streichelt ihr Gesicht und sagt: „Ich kann noch nicht so lange schwimmen und muß mich erst-mal ausruhen. Nachher komm ich wieder mit ins Wasser."
Auf dem Weg zum Strand fragt sie sich, ob Stimme den Sinn ihrer Worte wohl verstanden hat.
Marko schwimmt nun mit Sanftauge und Stimme eine kleine Strecke hinaus. Dann taucht er mit ihnen in die Tiefe und hat das Gefühl, selbst ein Delphin zu sein. So vertraut und nah erlebt er die harmonischen Bewegungen ihrer geschmeidigen Körper, fühlt die Wirbel ihrer Flossen auf seiner Haut. Dabei sucht Sanftauge mehr noch als sonst seine Nähe; und es kommt ihm der Gedanke, daß sie vielleicht etwas von einer bevorstehenden Trennung ahnt.

Als sie wieder auf die Bucht zuschwimmen, kommt ihnen Yasmin ins Wasser entgegen und sagt:

„Wir wollen unsere Freundinnen doch fragen, ob sie mit uns kommen, wenn wir zu der fernen Insel fahren."

Darauf sagt Marko: „Ich will es gleich mal versuchen" und als Sanftauge ihren Kopf vor ihm über das Wasser hebt: „Sanftauge, Yasmin, Mo und ich wollen bald mit dem Boot auf eine Insel fahren. Und wir möchten so gern, daß du und Stimme uns dahin begleitet. Kommst du dann mit – und Stimme?"

Als er sprach hat Sanftauge ihn aufmerksam angesehen. Jetzt schwenkt sie ihren Kopf hin und her und schwatzt und knarrt aufgeregt. Dann wendet sie sich Stimme zu, die vor Yasmin ruhig im Wasser liegt, gleitet unter Stimme durch und umkreist sie und Yasmin auf- und abtauend, wobei sie, sich um sich selber drehend, merkwürdig tiefe Laute ausstößt. Stimme antwortet ihr mit ähnlichen Lauten, bis sie unvermittelt davontauchen.

Yasmin sieht Marko fragend an. Eh er etwas sagen kann sehen sie, wie ihre Freundinnen weitab umeinanderkreisend auf ihren Schwanzflossen tanzen, bis sie ins Meer versinken.

„Ich glaube", sagt Marko nun. „sie haben uns eben ein Zeichen gegeben. Wenn ich nur wüßte, was es bedeutet!"

„Ich glaube, Sanftauge hat dich schon irgendwie verstanden und Stimme davon erzählt. Es sah aus wie ein Freudentanz, wie der Anfang einer fröhlichen Reise. Sie kommen sicher gleich zurück. Wollen wir ihnen entgegenschwimmen?"

Ohne auf eine Antwort zu warten, beginnt Yasmin, von Marko gefolgt, hinauszuschwimmen. Sie sind noch nicht weit gekommen, als Sanftauge und Stimme vor ihnen auftauchen und sie pfeifend begrüßen. Während Sanftauge neben Marko gleitet, der sich an ihrer Rückenflosse festhält, schwimmt Stimme zu Yasmin um mit ihr am Ufer entlang durch die Wellen zu gleiten. Dabei fühlt sich Yasmin schon wie am Anfang einer großen Reise, während sie die Insel langsam umrunden. Als sie die Bucht wieder erreichen, streichelt Yasmin Stimmes Gesicht und sagt: „Es ist so schön mit dir! Willst du mit uns kommen, wenn wir zu der fernen Insel fahren?" Dabei sieht Stimme sie aufmerksam an, so als lausche sie ihren Worten. Dann stupst sie ihren Bauch und ihre Brust, wendet sich mit aufgeregtem Pfeifen kopfüber ins Wasser, taucht zu Sanftauge und Marko, stupst auch ihn und schwimmt auf- und abtauchend mit Sanftauge aufs Meer hinaus.

*

Von den Kindern unbemerkt, hat ein Segelboot die Durchfahrt zwischen den Inseln passiert. An Bord befindet sich der Kirchenmann mit drei Fischern aus dem Dorf.

Er hat sie überredet, mit ihm zu den Inseln zu segeln um die Kinder zu suchen, die vielleicht auf einer von ihnen Zuflucht gefunden haben. Sie mußten ja nicht schon jetzt in schwarze Katzen oder Eulen verwandelt worden sein.

„Vielleicht sind sie ja doch noch zu retten, und zu bestrafen." hatte er den Männern gesagt. „Ich werde ihnen den Teufel schon austreiben, wenn wir sie nur erst gefangen haben!"

Finsteren Blicks späht er zur Insel rüber. Da fallen ihm zwei Gestalten im Wasser auf.

Zu spät, um sich noch ungesehen zurückziehen zu können, erblickt Marko jetzt das sich nähernde Boot. Im selben Augenblick, in dem der Kirchenmann ausruft: „Da drüben, vor der Insel, die beiden Gestalten dort im Wasser könnten sie sein.", sagt Marko: „Da kommt ein Boot! Laß uns schnell wegtauchen – hinter die Klippe dort!"

Als Yasmin Marko unter Wasser zu der Klippe folgt, wundert sich der Kirchenmann: „Was ist denn das? Das Wasser scheint sie verschluckt zu haben. Habt ihr sie auch gesehen?"

„Ja", sagt einer der Männer. „aber vielleicht waren es nur Robben, die dann untergetaucht sind."

„Oder", meint der jüngste von ihnen, der wohl die schärfsten Augen hat: „es waren Sirenen. Ich meine zwei helle, nackte Gestalten erkannt zu haben."

Als Yasmin neben Marko hinter der Klippe auftaucht, fragt sie besorgt: „Ob uns wohl jemand gesehen hat?"

„Das kann schon sein. Aber von so weit weg wird man uns nicht erkannt haben. Jetzt müssen wir schnell zur Höhle. Wenn wir geradewegs zum Strand schwimmen, können sie uns vom Boot aus nicht sehen. Dann kriechen wir den Strand hoch, sammeln unsere Sachen ein und klettern durch den Einschnitt in dem Felsrücken dort."

Und mit den Worten: „Komm, wir müssen uns beeilen!" schwimmt Marko, von Yasmin gefolgt, die kurze Strecke zum Strand, robbt mit ihr zu den Kleidungsstücken, die sie eilig ergreifen, und klettern durch den Einschnitt in den Schutz des Felsrückens.

„Wo das Boot jetzt wohl ist?" fragt Marko sich und klettert den Felsen hoch zu einem struppigen Gebüsch durch das er, ohne selbst gesehen zu werden, aufs Meer schauen kann.

Als könne man ihn schon hören, flüstert er Yasmin zu: „Sie kommen schnell näher. Es sind Männer aus dem Dorf, und ich glaube am Bug steht der Kirchenmann, und sieht zu uns herüber!"
Eilig klettert er zu Yasmin runter: „Komm, schnell zur Höhle!"

Ohne sich noch einmal umzusehen, laufen die Kinder durch das Tal. Als sie den Orleaner erreichen, schauen sie noch einmal zu dem Felsrücken zurück. Nicht weit dahinter, bewegt sich eine Mastspitze, an der eine lange dünne Fahne flattert, auf die Bucht zu.
Yasmins Hände umklammern ihr Kleid, und heben es schützend vor ihre Brust. Sie starrt auf die Mastspitze und sagt mit bebender Stimme: „Ich hab ja solche Angst! Wenn die uns nun gesehen haben!"
„Mir ist auch ganz anders. Ich mag mir gar nicht vorstellen, was die mit uns machen, wenn sie uns finden. Aber Mo hat ja gesagt, in der Höhle wären wir sicher. Komm, laß uns schnell reingehen."

Wie die Kinder in den Orleaner steigen, und sich sein Blätterdach über ihnen schließt, beginnen sich ihre aufgewühlten Gefühle schon etwas zu beruhigen. Als sie dann zwischen den hängenden Pflanzen hindurchschlüpfen, und das stille Halbdunkel der Höhle sie umgibt, öffnen sich Yasmins Hände, wobei, mit dem zu Boden gleitenden Kleid auch die Angst von ihr abfällt.

Dann – unverhofft – wie eine Sternschnuppe über den Nachthimmel fährt, fällt Yasmin auf Marko zu, schließt ihre Arme um ihn und legt ihr Gesicht an seinen Hals. Dabei stammelt sie schluchzend: „Ich ..... ich hatte ja ..... solche Angst ..... und ..... weiß gar nicht ..... weiß nicht was .... jetzt mit mir ist."
Und halb schluchzend, halb lachend: „ wenn die uns .....nun suchen .....und nicht finden.....dann glauben die womöglich, wir hätten uns in Fische verwandelt und wären einfach weggeschwommen …"

Bei den letzten Worten löst sie sich lachend von Marko, der sich nun auch vor Lachen nicht mehr halten kann, und sagt: „Laß die nur suchen bis sie schwarz werden. Wer weiß, wie lange die schon unterwegs sind, und wo sie überall nach uns gesucht haben! Schade, daß wir ihre enttäuschten Gesichter nicht sehen können, wenn sie die Suche aufgeben und wieder davon segeln!"
„Allzulange können sie ja nicht nach uns suchen, es wird ja bald Abend, und sie müssen den Hafen vor Sonnenuntergang erreichen, wenn sie nicht die Nacht auf der Insel verbringen wollen!"
„Was! – sie könnten die Nacht bleiben?"

„Ich weiß auch nicht. Wenn sie aber wirklich blieben, könnten sie die Höhle morgen vielleicht doch noch entdecken."

Yasmin sieht Marko hilfesuchend an: „Woher wollen wir denn wissen, ob sie die Nacht bleiben oder nicht?"

„Wir können ja, wenn es dunkel ist, zur Bucht schleichen und nachsehen, ob das Boot noch da ist. Vielleicht machen sie auch ein Feuer, das wir schon von Weitem sehen können."

Yasmin nimmt ihr Kleid vom Boden auf, zieht es über und seufzt: „Wenn es doch nur erst dunkel wäre!" Marko zieht nun auch Hemd und Hose an, und überlegt: „Wenn die Männer ins Tal kommen, können wir sie durch die Pflanzen hindurch beobachten. Komm, wir legen uns dort auf die Lauer."

Die Fischer haben das Segelboot neben der Bucht festgemacht. Von dort
steigen sie mit dem Kirchenmann den Felsbuckel zur Grasnabe hoch und halten Ausschau.

„Wo die Kinder sich wohl versteckt halten?" fragt der jüngste von ihnen.

„Das werden wir bald wissen", ist sich der Kirchenmann sicher. „wir müssen nur hinter jedem Felsen und in jedem Busch nach ihnen suchen. Dann werden wir die Gottlosen bald haben, und ihnen erst einmal eine gehörige Tracht Prügel verpassen. Du gehst mit mir durch die Bucht in das Tal. Ihr beiden geht in die entgegengesetzte Richtung. So geraten sie zwischen uns, und können nicht entkommen."

Der Kirchenmann und sein Begleiter gehen durch die Bucht und klettern den Felsrücken hinauf. Vor ihnen liegt das Tal mit dem Schilf, dem Gebüsch, das sich am Fuße der Felswand bis zu dem Oleander hinzieht, und die große Kiefer.

„Wo die sich wohl versteckt haben?" fragt der Fischer.

„Wahrscheinlich wohl in dem Oleander dort", meint der Kirchenmann. „aber darauf können wir uns nicht verlassen. Wir müssen überall suchen. Laß uns gleich mal das Schilf durchstöbern."

Jetzt erblicken Yasmin und Marko die beiden Männer auf dem Felsrücken.

„Da sind sie schon", flüstert Marko. „der Kirchenmann und Fischer Johann!"

„Sind es denn nur zwei?" flüstert Yasmin Marko ins Ohr. „Ich meine, es waren mehr auf dem Boot."

„Vielleicht kommen noch welche von der anderen Seite ins Tal. Jetzt steigen sie ins Schilf. Da sollen sie ruhig suchen. Sieh mal. Der Kirchenmann sinkt in den Modder. Er will zurück, aber die Beine wollen nicht mit. Jetzt setzt er sich auch noch hin und macht sich die Hose naß."

„Geschieht ihm nur recht", freut sich Yasmin. „hi hi hi!"

„Psst! Leise! Auch wenn die da nasse Hosen kriegen, ist für uns die Gefahr noch lange nicht vorbei. Wenn die uns lebend fangen, verbrennen sie uns auf dem Scheiterhaufen. So wie damals die Kräuter-Guste, von der sie auch sagten, sie sei mit dem Teufel im Bunde."

Yasmin sieht Marko erschrocken an: „Das ist nicht wahr – das tun sie nie! Wir haben doch mit dem Teufel nichts zu schaffen!"

„Die glauben das aber. Die sind so!"

„Was wollen wir denn bloß machen, wenn sie die Höhle doch entdecken?"

„Wir werden uns wehren. Das Brotmesser ist lang und scharf. Wenn einer hier reinkommt sieht er fast nichts, und ist leicht zu überwältigen. Ich hol das Messer mal gleich."

Inzwischen hat sich der Kirchenmann, mit Hilfe seines Kumpanen aus dem Morast befreit und meint: „Hier sind sie wohl nicht. Wir gehen aber für alle Fälle noch um das Schilf herum, und achten darauf, ob eine Spur mit umgeknickten Halmen hineinführt."

Yasmin beobachtet wie sie sich trennen, und das Schilf umrundend, aufeinander zugehen. Als Marko mit dem Messer zurückkommt und sich wieder neben Yasmin legt, treffen die beiden Männer am Schilfrand zusammen, gehen auf das Gebüsch an der Felswand zu und verlassen das Blickfeld der Kinder.

„Wohin gehen die wohl jetzt?" fragt Yasmin und fügt hinzu: „Die durchstöbern sicher jeden Busch und werden wohl bald verdammt nah sein."

Jetzt sieht sie das Messer in Markos Hand: „Willst du wirklich zustechen, wenn einer hier reinkommt?"

„Das soll keiner wagen. Ich würde es sofort tun." und flüsternd fügt er hinzu: „Hörst du auch Stimmen?"

„Ja, von weit weg."

„Sie werden sicher bald kommen, und auch unseren Oleander durchsuchen. Wir müssen jetzt ganz still sein!"

Gespannt lauschen die Kinder, hören leises rhythmisches Rauschen in ihren Ohren und fühlen das Puckern ihrer Herzen. Da – wieder eine Männerstimme, schon viel näher!

Jetzt das Knacken eines dürren Astes und Blätterrascheln mit schnellem Flügelklatschen und schrillem Vogelschrei – und: „Eh! Hier! Die Eier nehm ich mit!"
„Laß sie da! Wir suchen keine Eier. Wo die verdammten Bälger wohl bloß sind?!"
„Ich wette, die sind in den Oleander da gekrochen, und machen sich gerade in die Hose. Bleib hier und paß auf daß sie nicht rauskommen, und abhauen. Ich geh da mal rein!"

Den Kindern schlägt das Herz bis zum Hals als sie sehen, wie die Männergestalt in den Schatten des Oleandergeästes steigt.
Unwillkürlich ziehen sie sich aus der Helligkeit des Höhleneingangs ins Dämmerlicht zurück. Dort verharren sie reglos, und schauen gebannt auf die hängenden Pflanzen.
Marko, das Messer in der Rechten, leicht vorgebeugt zum Sprung bereit. Yasmin geht langsam in die Hocke, ergreift einen kantigen Stein und verharrt so, am Boden kauernd, bereit aufzuspringen und mit ihrer Steinwaffe zuzuschlagen.
Knackend und zweigeraschelnd nähert sich der Mann dem Höhleneingang. Dann ist es still, unheimlich still.
Yasmins Knie beginnen zu zittern. Die linke Hand auf den Boden gestützt, läßt sie sich seitlich auf ihre angewinkelten Beine nieder. Ihren Oberkörper aufgerichtet, starrt sie auf die hellgrün schimmernden Pflanzen.

Da! Wieder ein Rascheln. Marko ist, als hätte sich eine der Pflanzen bewegt. Sein Blut rauscht siedend durch seine Arme in den Kopf. Ihm ist, als wolle ein heißer Sturmwind seinen Körper aufwirbeln, und davontragen. Er fühlt das Messer in seiner Hand zittern, fühlt, wie seine Hände feucht werden und Tropfen über die Stirn kriechen, die sich in den Augenbrauen verfangen, über die Wangen gleiten und an den Nasenflügeln vorbei, salzig auf seine Lippen rinnen.

„Hier sind sie nicht!" tönt es jetzt aus der Tiefe des Oleanders.
„Komm schnell raus!" ruft der andere. „da vorne, an der Felswand, bewegt sich was im Gebüsch!" und wie der Mann auf den Felsen zuläuft, stolpert der andere eilig hinter ihm her. Der Vorauseilende hat das Gebüsch jetzt fast erreicht, und ruft: „Eh, ihr da, kommt raus!"

Höhnisches Gelächter schallt von den sich teilenden Zweigen, aus denen der Kirchenmann mit Fischer Johann hervortritt.
„Heilige Jungfrau Maria! Ihr seid es bloß! Und ich dachte, ich hätte sie endlich gefunden!"

„Habt ihr denn schon überall gesucht?" fragt der Kirchenmann verdrießlich.

„Natürlich! Wir haben bis zu dem Oleander dort jedes Blatt umgedreht, und nichts außer ein paar Eiern gefunden."

„Diese Teufelsbrut! Wenn die sich nicht in Luft aufgelöst haben, müssen sie doch zu finden sein! Ihr geht gleich zu dem Oleander zurück und durchsucht von da aus das Gebüsch, wir kommen euch da entgegen. Da müssen sie irgendwo drin sein!

Nun sehen die Kinder die beiden Männer auf den Oleander zugehen, und in sein dichtes Grün eintauchen. Das Rascheln trockener Blätter verrät ihnen, daß sich die Männer von ihnen hinweg auf deren Kumpane zubewegen. Erleichtert atmen die Kinder auf, und Yasmin flüstert Marko ins Ohr: „Es ist ganz merkwürdig. Ich habe keine Angst mehr. Irgendwas sagt mir, daß sie uns nicht finden. Ich fühle sie schon weit weg von hier."

Jetzt hallt die Stimme des Kirchenmannes durch das Tal; „Verflucht sei diese gottverdammte Insel. Wir hatten sie schon fast. Aber nun ist es gewiß! Sie sind mit dem Teufel im Bunde. Der hat sie von der Insel geführt. Mögen sie ewig im Höllenfeuer braten!"

Obwohl die Kinder den Worten des Gottesmannes schon lange keinen Glauben mehr geschenkt haben, und sich nun vor ihm in Sicherheit fühlen, spüren sie seine Verwünschungen fast körperlich, als ob eine verwesende Hand nach ihnen greift.

Yasmin schüttelt sich, sieht Marko betrübt an; „Der Kirchenmann hat uns und die Insel verflucht. Glaubst du daß die guten Geister, die hier wohnen, die Insel nun verlassen haben?"

„Sie werden sich irgendwo versteckt haben, als die Männer kamen, und kehren gewiss zurück, sobald die wieder fort sind. Sieh mal! Kein Blatt, kein Schilfwedel bewegt sich mehr. Der Wind ist ganz eingeschlafen. Sie werden das schwere Boot rudern müssen, und nur sehr langsam vorwärts kommen, und den Hafen vor Sonnenuntergang nicht mehr erreichen."

„Werden sie dann vielleicht doch die Nacht hier bleiben?"

„Bestimmt nicht. Nach den Verwünschungen des Kirchenmannes würden sich die Fischer hier in der Nacht vor bösen Geistern fürchten. Den Hafen werden sie auch im Dunklen finden. Die Lichter im Dorf zeigen ihnen ja den Weg. Sie können aber auf Riffe laufen. Die sind ja nachts nicht zu sehen."

Mit schlaff herabhängender Fahne bewegt sich, hinter dem Felsrücken, eine Mastspitze langsam von der Insel fort. Erleichtert sagt Marko: „Siehst du, sie machen sich schon davon. Laß uns nachsehen, ob sie auch wirklich alle im Boot sind."

Noch zögernd, und nach allen Seiten Ausschau haltend, steigen die Kinder in den Oleander. Dann nehmen sie all ihren Mut zusammen und laufen zum Rand des Schilfes auf den Felsrücken zu. Im vollen Lauf werfen sie sich bäuchlings ins Gras.
Eine tiefe Männerstimme! Erstarrt liegen die Kinder am Boden, und wagen nicht zu atmen. Da – wieder die schreckliche Stimme: „Quarr, quarr, quarr!" höhnt es aus dem Schilf. Die Kinder sehen einander ungläubig an. Dann fangen sie an zu lachen. Ihre überreizten Sinne haben ihnen einen Streich gespielt.
Bald erreichen sie den Felsrücken, klettern hinauf und spähen vorsichtig durch das struppige Gebüsch, von dem aus Marko zuvor schon das sich nahende Boot beobachtet hatte. Gemächlich schaukelt es auf die Durchfahrt zwischen den Inseln zu.
In langsamem Takt tauchen die vier Männer ihre Ruder ein, und ziehen sie weit durch träge Wogen, ehe sie die tropfenden Blätter über das Wasser heben, um sie weiter vorn wieder einzutauchen. Kein Windhauch streicht über die langen Wogen die sich, wie das ruhige Atmen eines schlafenden Meeres kaum merklich auf und ab bewegen.
Hell leuchtet das Laub der Baumwipfel, auf der Insel dort drüben, vor dem schwarzblauen Grau einer aufziehenden Wolkenbank. Lange schauen die Kinder dem Boot schweigend nach. Ohne den Blick von ihm zu wenden sagt Yasmin: „Ich kann noch gar nicht begreifen, was alles geschehen ist. Noch nie habe ich solche Angst gehabt. Nur noch, als mein Onkel über mich herfiel."
„Ich auch noch nie. Nicht mal, als ich weit draußen im Meer schwamm, und glaubte ertrinken zu müssen. Sieh mal, die Wolken über den Inseln kommen näher. Das sieht nach einem Unwetter aus. Wollen wir schnell noch mal baden, eh es über uns kommt?"
„Oh ja! Baden, und all das schreckliche abspülen!"
Erleichtert laufen die Kinder in die Bucht, werfen ihre Kleider auf den Strand und schwimmen hinaus. Das Boot ist kaum noch zu erkennen, es versinkt allmählich in einem grauen Vorhang, den die heraufziehenden Wolken über Meer und Inseln senken. Unruhig wetterleuchtet es in den dunklen Wolkenmassen, die bleigraue Schatten über das Meer breiten.
„Marko, meine Hände leuchten wieder! Sind die guten Geister schon zurückgekehrt?"

„Oh ja, meine Hände leuchten auch. Und da vorne, wo sich lauter kleine Wellen kräuseln. Bald wird es regnen und stürmen. Wir sollten mal zur Höhle zurück!"

Ohne Hast schwimmen die Kinder in die Bucht, nehmen ihre Kleider, klettern durch den Spalt im Felsrücken und gehen auf den Oleander zu. Vom Meer her hören sie hohles Heulen. Dann braust heftiger Wind über das Schilf ins Tal. Eilig steigen die Kinder in den Schutz der Höhle.

„Wollen wir nicht die Öllampe anzünden?" fragt Yasmin. „es wird ja schon dunkel."
Marko holt die Lampe, Feuerstein, Stahl und Zunder und legt alles am Eingang auf den Boden.
„So, jetzt kannst du wieder pusten. Mach aber die Augen zu, wenn ich Funken schlage!"
Bald hat sich ein Funke im Zunder verfangen, der sich in Yasmins leisem Atem erst rötlich, dann hellgelb färbt, bis ein Flämmchen knisternd aus dem Zunder flackert. Marko hält den Docht der Lampe in das Flämmchen, das aufleuchtend überspringt. Dann geht er zu dem Sims und stellt die Lampe darauf. In ihrem Licht tauchen nun all die Habseligkeiten aus dem Dunkel auf, die sich auf dem Sims, und um die Felle herum verteilen.
Beim Anblick des Brotes und der Äpfel sagt Yasmin: Am liebsten würde ich mich jetzt in die Felle legen, etwas essen und träumen. Aber ich klebe ja überall."
Sie leckt ihre Zunge über den Handrücken. „Es schmeckt salzig nach Meer." Dann wendet sie ihr Gesicht dem Eingang zu.
„Ich höre Regen. Der kann uns das Salz abspülen. Kommst du mit nach draußen?"

Sie laufen durch den Regen, der kühl über ihre bloßen Körper rinnt, vorbei an dem Tümpel die leichte Steigung eines Felsrückens hoch. Dort breiten sie ihre Arme in den Regen und schauen aufs Meer. Vor ihnen plätschern die Wellen ans Ufer. Nur etwas weiter weg verschmelzen sie schon mit nebligem Grau, das auf sie herabzusinken scheint.
„Irgendwo da draußen", Marko weist in die Ferne. „irren der Kirchenmann und seine Kumpanen nun umher. Durchnäßt und halb erfroren werden sie erst morgen irgendwann den Hafen erreichen. Die kommen gewiß so schnell nicht wieder! Wir können jetzt getrost zurück in unsere Höhle gehen."

Als die Kinder sich abgetrocknet und angezogen haben, setzen sie sich auf das Sims und genießen ihr Abendmahl.

Yasmin schaut sinnend in das stille Lampenlicht: „Nie wieder wollte ich an ihn denken, und doch sehe ich seine Augen wieder über mir. Voller Haß und Gewalt, als wollten sie meine Seele ersticken. Und nun ist da auch noch der Kirchenmann, der uns verfolgt, mit all seinen bösen Gedanken. Wie kommt es nur, daß gerade in den Herzen von Menschen so böse Geister wohnen?"

„Yasmin, vergiß sie doch, und denke lieber an unseren Freund Mo, der uns gern hat, und Sanftauge, und Stimme, und an die ferne Insel, zu der Mo uns bald bringen will."

„Ob Sanftauge und Stimme morgen wohl wiederkommen?"

„Aber ja! Sanftauge war doch jeden Tag hier, und Stimme wird sie sicher wieder begleiten."

Yasmin steht auf, reckt sich und zieht sich aus. „Ich bin schon etwas müde. Wollen wir nicht schnell schlafen, damit es bald morgen ist? Ich glaube, morgen wird alles wieder so schön; mit dir, mit Sanftauge und Stimme und dann mit Mo!"

Als Yasmin sich in die Felle legt, entkleidet sich auch Marko, pustet das Licht aus und legt sich zu Yasmin. Aneinandergekuschelt lauschen sie dem leisen Rauschen des Regens …

*

Ein Schaf – in hohem Gras. Es sieht mich an: „Wer bist du?"

„Weiß nicht, weiß nicht wo ich bin."

„Ich bin der Glockenblumenberg." sagt das Schaf.

Um es herum entfalten sich große, blaue Blütenkelche – wogendes, blau duftendes Blütenmeer.

Aus ihm löst sich eine weiße Gestalt – ein Schwan schwimmt auf mich zu. Näher, näher, mächtige Schwingen umfangen mich, weiche Federn hüllen mich ein.

Meine Augen öffnen sich, schauen ins Dunkel … schließen sich wieder.

Federweich fühlt es sich an – Yasmins Haar, in meinem Gesicht, und der Duft ihres Halses, ihres Atems und ein kleines bißchen Schaf.

Mein Arm spürt die Wärme ihres Leibes, der sich sachte auf- und abbewegt. Meine Hand fühlt ihre Finger sich träumend regen. Ganz nah ist sie mir, und doch in wundersamer Ferne.

Ich könnte sie wecken, dann wäre sie gleich ganz bei mir.

Ganz? Etwas würde zerbrechen, vielleicht ein Schaf, oder verwelken – ein Glockenblumenberg – oder fliehen – ein Pferd.

Nein, es wendet sich mir zu, und vor mir, ganz klein, hüpft es schwebend, mit eingerolltem Schwanz zwischen hellgrünen Wasserpflanzen umher.

Aus großen Augen sieht es mich an. Ihr Leuchten ist so vertraut. Ich möchte was sagen, sehe wie dem Pferdchen Flügel wachsen. Schwarze Flügel. Und Federn.

Unverwandt sehen mich seine Augen an. Es sind die Augen eines Raben, der mit schwerem Flügelschlag himmelwärts auffliegt.

Auf einer weißen Wolke läßt er sich nieder. Seltsam vertraut sehen mich die Rabenaugen an. Als die Wolke mit dem schwarzen Vogel langsam entschwebt, hör ich ihn leise fragen: „Schläfst du noch?"

Den Vogel seh ich jetzt nicht mehr, spüre aber seine Nähe, fühle, wie eine Schwinge mich sanft berührt. „Vogel, bleib bei mir!" hör ich mich, wie von weit her, sagen, und von ganz nah: „Marko, träumst du noch?" –

„Ein Traum?" Marko öffnet die Augen. Eingehüllt in Felle und Dunkelheit fühlt er Yasmins Wärme, und wie sie ihr Gesicht an seinen Hals legt.

„War es nur ein Traum? Er war so schön, der große, schwarze Vogel!"

Yasmin richtet sich auf, beugt sich über Marko; „Eben noch war ich ein großer, schwarzer Rabe, in meinem Traum!"

Marko hebt sein Gesicht auf Yasmin zu; „Und er hatte deine Augen und ich wollte nicht daß er wegfliegt. Jetzt weiß ich! Der Vogel in meinem Traum warst ja du!"

„Ja! Später! Vorher war ich ein Fisch, und schwamm umher. Dabei wuchsen mir Federflügel. Ich sprang aus dem Wasser und flog als schwarzer Vogel über das Meer. Auf dem First von Mos Haus wartete ein Rabe auf mich. Mit tiefen Verbeugungen begrüßte er mich und sagte: >Ich wohne auf der Insel Schwanenhals, und habe dort lange schon auf Mo gewartet. Grüß ihn von mir. Ich warte dort auf ihn.< dann bin ich aufgewacht."

Gebannt hatte Marko Yasmins Worten gelauscht. Jetzt kniet er sich vor sie, legt seine Hände auf ihre Schultern und sagt;

„Erst habe ich geglaubt, Mos alter Freund ist zurückgekehrt, aber es war ja nur ein Traum."

Nun legt Yasmin auch ihre Hände auf Markos Schultern und sagt: „Es war nur ein Traum, aber er war so wirklich! Ich weiß, daß es Mos Raben wieder gibt, und, daß er auf einer fernen Insel auf ihn wartet."

„Ob das wohl die Insel ist, zu der wir morgen fahren wollen?"

„Der Rabe hat mir ja gesagt, daß sie Schwanenhals heißt. Wir können Mo nachher fragen, ob sie es vielleicht ist. Jetzt muß ich mal raus. Kommst du mit?"

Marko nimmt den Wasserkrug und folgt Yasmin. Das Tal liegt noch im morgendlichen Dunst. Kühler Tau benetzt die Füße der Kinder die auf einen Felsrücken zugehen. Dort hocken sie sich über eine Rinne. Sie fühlen den noch milden Schein der Morgensonne auf ihren Rücken. Vor ihnen liegt still das Meer. In bläulichen Dunst gehüllt – die Inseln.

Vertiefungen im Gestein haben sich mit Regenwasser gefüllt. Aus einem dieser Tümpel füllt Marko den Krug. Dann waschen sich die Kinder Gesicht und Po, und gehen in ihre Höhle zurück. Dort lassen sie sich ihr Frühstück schmecken. Zum Nachtisch essen sie einen Apfel und Yasmin fragt: „Was mag das wohl für ein Vogel sein, den die Männer gestern von seinem Nest aufgescheucht haben?"

„Wollen wir mal nachsehen?"

„Ja, aber vorsichtig, daß wir ihn nicht auch erschrecken!"

„Die Männer hatten die Kiefer wohl noch nicht erreicht, als er wegflog. Von dort an könnten wir suchen."

Hinter der Kiefer entdecken die Kinder eine Spur niedergetretener Pflanzen. Vorsichtig, nach allen Seiten Ausschau haltend, folgen sie ihr, bis Yasmin verharrt und sagt: „Da, vor dem Gebüsch am Boden!"

Zwischen Gräser gebettet liegt ein großer Vogel ganz still. Unverwandt sieht sein dunkles Auge die Kinder an.

Er fürchtet sich vor uns, denken, sie und gehen langsam rückwärts, bis er sie nicht mehr sieht. Dann erst sagt Yasmin: „Er hat uns so tief angeschaut. Ob er sich wirklich vor uns gefürchtet hat?"

„Natürlich, wir sind doch Menschen; und Menschen rauben den Vögeln ihre Eier oder töten sie sogar. Da müssen sie uns doch fürchten."

„Ich will aber nicht, daß der Vogel Angst vor mir hat! Ich bin doch nicht böse, oder gar ein Ungeheuer. Aber so fühle ich mich jetzt."

„Ich ja auch. Wir Menschen haben eben einen schlechten Ruf bei den Vögeln."

„Ich bin aber nicht wie die Menschen. Ich hab Vögel gern und würde ihnen nie was zuleide tun. Und trotzdem haben sie Angst vor mir. Hast du Vögeln auch schon mal Eier gestohlen?"

„Ja, früher, da hab ich Großmutter manchmal Eier von Möwen gebracht. Die hat sie dann gekocht. Einmal waren da schon kleine Vögel drin. Die sahen mich aus ihren toten Augen an. Das war ganz schrecklich. Danach hab ich kein Möwenei mehr angerührt. Nur noch Eier von Hühnern. Die legen ja auch welche, wenn sie gar nicht brüten wollen."

„Am liebsten würde ich mich jetzt zu dem Vogel dort ins Gras legen, und ihn bitten, keine Angst vor mir zu haben. Glaubst du, daß er mich verstehen würde?"

„Vielleicht ja. Dich würde er vielleicht wirklich verstehen. Aber es könnte wohl lange dauern, bis er seine Angst vor dir verliert."

„Dann will ich ihn lieber nicht mehr stören. Ob Sanftauge und Stimme bald wiederkommen?"

„Es ist wohl noch zu früh. Wir können aber zur Bucht, und dort auf sie warten."

Von der Bucht gehen sie den Strand hoch zur Grasnabe auf dem Felsen. Sie schauen übers Meer. Kein Boot weit und breit, und auch von Sanftauge und Stimme keine Spur. Yasmin sieht Marko fragend an; „Wo Mo wohl bleibt?"

„Es ist ja noch früh am Tag", und, indem er sich bäuchlings ins Gras legt;

„vielleicht kommen Sanftauge und Stimme ja bald. Dann könnten wir mit ihnen Mo entgegen schwimmen."

Yasmin legt sich neben ihn in die Sonne: „Oh ja, und bis sie kommen, lassen wir uns von der Sonne wieder richtig aufwärmen."

Als sie in der wohligen Sonnenwärme fast eingeschlafen sind, hören die Kinder von weit her vertrautes Pfeifen. Sofort sind sie hellwach. Fernab glitzern die Leiber zweier Delphine über der Wasserfläche, in die sie Fontänen sprühend eintauchen, um gleich wieder über die Wellen zu schweben.

Die Kinder eilen zur Bucht und laufen ins Wasser. Es reicht ihnen gerade bis zur Brust, als ihre Freundinnen sich vor ihnen aus dem Wasser heben und sie, auf den Schwanzflossen tanzend, mit einem Pfeifkonzert begrüßen, sich klatschend ins Wasser fallen lassen und auf sie zuschwimmen.

„Stimme! Sanftauge!" rufen die Kinder. „Mo will auch kommen! Wollen wir ihm entgegen schwimmen?"

Nach der freudigen Begrüßung, gleiten die Delphine mit den Kindern durchs Wasser auf die Durchfahrt zwischen den beiden Nachbarinseln zu.

*

Bedächtig rudernd sieht Mo, wie sich sein Häuschen langsam entfernt.

„Wie eintönig", denkt er. „sind doch die langen Jahre dort gewesen. Und jetzt – es ist wie ein Abschied für immer – von einem einsamen Leben ..."

Sein Blick ruht auf dem Kastanienbaum neben dem Haus, und wehmütig denkt er: „Ob mich mein Freund, Roa, unter dem Baum wohl vermissen wird? Wer weiß! Vielleicht sehen wir uns ja wieder – irgendwann – in einer anderen Welt. Die Kinder und der Delphin sind meine neuen Freunde. Und so sehr ich mich auch auf sie freue, meinen gefiederten Freund vermiß ich doch so sehr."

Aufgeregtes Pfeifen und zwei Kinderstimmen: „Mo! Mo!" wecken ihn aus seinen Gedanken. Er dreht sich um und erblickt zwei Delphine, die, je ein Kind an ihrer Seite, schnell auf ihn zuschwimmen. Beim Boot angekommen, lösen sich Yasmin und Marko von Stimme und Sanftauge, und klettern hinein. Naß und nackt, wie sie sind, umarmen sie Mo in ihrer Wiedersehensfreude, während Stimme und Sanftauge ihn, um das Boot kreisend, pfeifend und knarrend begrüßen.

„Da ist ja noch ein Delphin!" sagt Mo verwundert. „Ja", antwortet Yasmin. „das ist Stimme. Sie ist mit Sanftauge gekommen, und gleich meine Freundin geworden."

„Hast du ein Glück! Stimme deine Freundin! Aber du zitterst ja, und deine Lippen sind ganz blau. Dir ist doch kalt!?"

„Nur etwas, wir waren lange im Wasser"

„Dann leg dich mal nach hinten in die Sonne! Und du, Marko, auch."

„Setz du dich lieber mit nach hinten. Ich rudere das letzte Stück. Davon wird mir auch warm. Yasmin kann dir derweil erzählen, was wir alles erlebt haben."

Als Mo sich zu Yasmin auf die Bank gesetzt hat, bringt Marko das Boot mit kräftigen Ruderschlägen wieder in Bewegung. Die Delphine schwimmen vor dem Bug, und Yasmin beginnt zu erzählen: „Gestern haben wir große Angst gehabt, als der Mann der Kirche nach uns suchte."

Mo lehnt sich zurück und schaut Yasmin ungläubig an: „Ist das wirklich wahr? Der Unglückselige war auf der Insel, und hinter euch her?"

„Ja, und er hatte drei Männer dabei. Wir haben ihr Boot gerade noch recht-zeitig gesehen und uns in der Höhle versteckt."

Mo macht ein bedenkliches Gesicht und sagt: „Hoffentlich kommen sie nicht wieder!"

„Nein", sagt Marko. „das glaube ich nicht. Sie sind erst am Abend zurückgefahren, und in ein Unwetter geraten. Wenn die überhaupt heil in den Hafen gelangt sind, können sie froh sein. Und wenn sie doch heute wiederkommen würden, dann wohl mitten am Tag."

„Du hast recht Junge, die werden wohl so bald nicht wiederkommen. Wir werden trotzdem nach ihnen Ausschau halten, und morgen fahren wir schon vor Sonnenaufgang los, denn es ist eine lange Reise bis zu der Insel, mit dem kleinen Dorf, an der Bucht."

*

Nina Clausen, so wie
Rolf W. Schwake

danke ich, für ihre Hilfe,
bei der Gestaltung dieses kleinen Romans

Daß ich irgendwann mal geboren wurde, hatte ich schon ganz vergessen – ist ja auch so lange her – am 14. Januar könnte es gewesen sein, 1936 … in einem klitzekleinen Dorf am Ufer der Schwarza, mitten im Thüringer Wald – an dem geheimnisvollen Fluß, der einem so wundersame Geschichten erzählt – wenn man die Sprache des Wassers versteht, und seinen Stimmen lauscht: dem Donnerrauschen unterm Wasserfall … das von der Entstehung des Lebens, der vorüber eilenden Zeit und der Ewigkeit erzählt – dem geheimnisvollen Murmeln, wenn es durch felsige Engpässe eilt; seinem lustigen Klingen, wo es mit kleinen Steinen spielt –

Und wenn dieser Fluß in tiefem Bett still dahintreibt, den Stimmen der Vögel lauscht und sirrend-summendem Fluggesang kleiner Flügelwesen; die wie selbstvergessen über das ruhige Wasser tanzen, wenn ich dann in die Tiefe schau, aus der leiser Undinengesang zu mir heraufschwebt, ergreift mich Sehnsucht nach dort unten, und eine seltsame Traurigkeit …

Ganz nah der Schwarza hab ich das „Licht der Welt" erblickt, und dort meine Kindheit zurückgelassen, als das Kriegsende mein Lebensschiffchen nach Bremen verschlug, von wo es durch's Leben irrte bis Mecki, die Nebelkrähe, es anhielt, und in die Welt der Vögel geleitete – in der es endlich vor Anker ging …

*

Wer noch erfahren möchte, was unsere kleine Mensch-Delphinfamilie morgen, und an all den Morgenden danach noch erleben wird, sei herzlich eingeladen, als Blinder Passagier mit an Bord zu kommen …

Die wahrhaft abenteuerliche Bootsreise, auf der ihre Delphin-Freundinnen, Stimme und Sanftauge, Yasmin, Marko und Mo begleiten, werde ich in dem kleinen Buch: „Eine unendliche Reise" verwahren – und, sollte ein günstiger Wind sein, dieses im Januar, vielleicht ja am 14. 1. 2013, auf dem Büchermarkt anlanden …

*